听风八百遍，方知是人间

韦娜 著

光明日报出版社

图书在版编目（CIP）数据

听风八百遍，方知是人间 / 韦娜著 . —— 北京：光
明日报出版社，2024.3
ISBN 978-7-5194-7801-8

Ⅰ.①听… Ⅱ.①韦… Ⅲ.①随笔 – 作品集 – 中国 –
当代 Ⅳ.① I267.1

中国国家版本馆 CIP 数据核字 (2024) 第 042776 号

听风八百遍，方知是人间
TINGFENG BABAI BIAN, FANG ZHI SHI RENJIAN

著　　者：韦　娜		
责任编辑：谢　香　孙　展	特约编辑：胡　峰　何江铭	
责任校对：徐　蔚	特约策划：廖淼焱	
责任印制：曹　净	封面设计：仙境设计	

出版发行：光明日报出版社
地　　址：北京市西城区永安路 106 号，100050
电　　话：010–63169890（咨询），010–63131930（邮购）
传　　真：010–63131930
网　　址：http://book.gmw.cn
E – mail：gmrbcbs@gmw.cn
法律顾问：北京市兰台律师事务所龚柳方律师
印　　刷：河北文扬印刷有限公司
装　　订：河北文扬印刷有限公司
本书如有破损、缺页、装订错误，请与本社联系调换，电话：010–63131930

开　　本：146mm×210mm	印　　张：8
字　　数：165 千字	
版　　次：2024 年 3 月第 1 版	
印　　次：2024 年 3 月第 1 次印刷	
书　　号：978-7-5194-7801-8	
定　　价：49.80 元	

认识韦娜，是一段很美好的经历。我们在之前很长一段时间都是笔友，从未谋面，偶尔点赞。

尽管如此，她依然用真诚、热情待我，向我展示人与人之间最大的善意。

后来见面聊天，我们稀松平常地聊起人与生活的相互考验，她提起过去的努力、写作的坚持、偶尔的失落，我惊讶于行路已久，她没有丝毫沉沉暮气，而始终保有孩童般的天真与炽热，太难得了！

我就常常疲惫，这种疲惫感来源于日复一日相似的工作、生活，甚至是睡眠。在某一期记录式访谈栏目里，陈晓卿——他正在做一档全新的纪录片，他的脸看起来永无忧愁、国泰民安，作品也活色生香——说，就像雕佛像，雕到一半，但你没有办法再把佛像改成其他的，只想就跪在他脚底下就得了，职业会有一些疲惫的地方，但这始终是你从事这个职业的一部分。他都如此，我想大概世界上人人如此，总有困惑、倦怠，走不动的路。

韦娜好像就不这样，我在她身上发现了一种自我更新的能力，暴雨会洗净她，阳光会晒透她，任何微风或颠簸都能让她像秋收翻晒的稻谷一样，饱满、喜悦又温暖。她说写作十年，历经平凡，可她的字字句句却极尽新鲜，大概这就叫作"听风八百遍，方知是人间"。

这本书是她写给书友们的回信，写给每一位此刻正翻开它的朋友。书写得真挚，从17岁到27岁，再到37岁，她就像位远方的老朋友，把自己的一段段经历和盘托出，帮每个女孩缝补着偶尔不那么美好的世界。当你遇到人生的重大转折、生活里的琐碎烦恼，如何从容度过？都可以和这本书聊聊。在它的陪伴下，愿你我工作、生活常常新鲜，永无倦怠，即便有，也继续雕琢，再找寄托。

她说"最珍贵的永远是自然而然的东西"，我深以为然。锅里煮着菜，路灯坏了一个，秋风又把院子门前的槐叶吹落，这些都是她目光所及的范畴，她是如此细致地观察着生活，并总结一部分经验，分享给她热爱着的其他人。

顾随先生谈王维的诗曾说："岂止无是非善恶，甚至无美丑，而纯是诗。如此方为真美，诗的美。"我想韦娜笔下的生活，大概也有这样一种诗的美。

打开这本书，见字如面。期待你的疲惫与困扰，在韦娜的回信中轻轻落下。

目录

第一章

听风八百遍，方知是人间

时间教会我的事　　　　　　002

每个人都要蹚过的河流　　　008

心有远山，活在当下　　　　014

听风八百遍，方知是人间　　020

敢要的勇气　　　　　　　　026

你就是自己的拯救者　　　　032

第二章

先好好爱自己

失恋时的自我更新　　　　　040

先好好爱自己　　　　　　　045

人生是一场漫长的等待　　　050

爱情需要断舍离　　　　　　055

我们都在寻找自己的路上　　060

爱的名字是不要紧　　　　　066

结束一条路的办法是走完它　071

第三章

不苟责的生活美学

过好日常的每一刻　　　　　　078

请允许一切发生　　　　　　　084

任何时候开始都不晚　　　　　089

经历了这一切，我才成为自己　093

静静地喝一杯咖啡　　　　　　099

不苟责的生活美学　　　　　　104

第四章

过好自洽的人生

快有快的风景，慢有慢的思考　110

保持热爱，都会有所收获　　　116

那个可以坐很久的人　　　　　122

做好专业的事，就是好好创业　127

漫长的旅途，我们需要被看见　132

第五章

种自己的花，爱自己的宇宙

我们要活成自己的山	138
人生海海，岁月漫长	145
每个人都有一片属于自己的麦田	150
种自己的花，爱自己的宇宙	155
认识自己是一切智慧的开端	161

第六章

有风拂过心间

心中长出来的力量	168
生活不曾打败我	173
我们不能被所有人喜欢	178
有风拂过心间	184
给完美主义者松绑	189
做好一件事，解释所有事	194
差点忘记我是一个有趣的人	198

第七章

跨过千山，走到灯火

每个人只能陪你走一段路　206

成年人的友情是奢侈品　212

我的遗书是心愿清单　218

另一个时空的我　224

越过心中那座山　229

生活是无路径的逃离　234

写给妈妈的一封信　238

后记　245

第一章

听风八百遍，方知是人间

人生其实是一场需要以自己为基准的旅程，从容上阵，耕耘收获。一旦热爱生活，好运自来，生活就会教你治愈一切的魔法。

时间教会我的事

读你的文字已经多年，仿佛你是我的老朋友。我距离梦想越来越远了，与平淡、庸俗的生活渐渐融为一体。搬家时，无意间看到自己从前写写画画的东西，很怀念从前的时光，看到你还在坚持写作，你在替我坚守另一种生活。

我也不小心踏到（即将）三十七岁的台阶上，工作、生活，都让我很焦虑，但也真的没有特别有价值的目标。时间的意义，自然不只是陪我们变老。想知道时间教会了你什么？你会有时间焦虑症，或恐惧时光匆匆吗？

◇◇◇

三十七岁，多么好的年岁，拥有人生最美好的绽放，也拥有最多自主权。

往下余生，更应该好好地爱自己——该休息的时候好好休息，该努力工作时当仁不让。我坚信人无时无刻不在变化，小的改变隐藏在瞬间，大的改变藏在时间里，我们每过七年、五年，或更短的时间，都会在相对应的磁场里，发生变化、革新。

收到你的来信，正是上海这座城市最炎热的时刻，七月，天气热到让人无法有思考的契机。我刚重新看了一遍以庆山同名小说改编的电影《七月与安生》。每次到了春夏，我都要期待，再期待，总觉得会有好事要发生，可整个季节结束了，生活也没有任何进展……我的期待常落空，又在下一个春天重新生长出嫩芽。

我最近的生活是日日垂下脑袋忙碌的状态，几乎从不抬头。偶尔抬头，会惊觉世界怎么那么美好，我为何忙得像个亡命之徒，分秒必争，格外有奉献精神。内心的反抗会让我偷闲片刻，之后又不得不重新垂下头，继续投入工作中。

我当然有时间焦虑症，每一个对自己有要求的人，都会有不同程度的焦虑。要求越高，所做的事情越难完成，焦虑感越沉重。不过，我正在学着和焦虑感做朋友，把它当成一个严格的好朋友来对待，这样感觉轻松一些，她不肯原谅我时，我替她原谅我自己。

你问我："时间教会了你什么？"我想，应该是珍惜。

珍惜所拥有的一切，珍惜所有的经历，也珍惜未知的期待。

那日，看佩索阿的诗集《我将宇宙随身携带》，发觉所有的诗句都那么优美——

因为太阳的光，比所有哲学家和诗人的思想更有价值。

阳光，不知道它在做什么，

因此它永不犯错，而且普遍有益……

这些美好的诗句在我身边流动。

它们在提醒我，时光流逝，美好永在，最珍贵的永远是自然而然的东西。

生活永远交织着矛盾。美好就在眼前，我抓不住它，而我正沉落于现实的琐碎中，有时无力且无奈。

正当我感慨时，突然听到隔壁房间的同事们在喊"快跑，快跑，楼里着火了！"我带着佩索阿的诗集，跟着一群人慌乱地跑了出去——

就在那一刻，记忆突然回到2008年汶川地震。我和室友娟，也是在那样惊险的情况下，被许多人喊着，推着，拽着，我俩几乎不用动，就被挤到了楼下。我记得当时我和同学们在操场和体育场睡了一个多月，经常下雨，大家都在期待余震停止那一天。我们在操场上，想象如果安全了，将要抵达的远方、梦想。其实我内心并无害怕，但接到家人和朋友的关心电话，反而会被他们放大的恐惧吓到，意识到自己身处危险中。

那时真的太年轻，对危险，乃至死亡，都不会过于恐惧。我还记得地震那一天的早晨，九点多的时候，一个男生为情所困，选择了跳楼自杀。大家纷纷惋惜，如果男生晚跳楼几个小时，经历一次剧烈的地震，结局一定会不一样……我直到今日还会挂念这件事，可惜我只有幻想中的魔法，无法转变结局。

现实中出版社的火终于被灭了，又下了一场太阳雨，太阳缓缓地露出来，漫天的绯红色和紫红色云朵组成的晚霞，像流动的油画。我看了许久，内心无端地生出许多感动。

经历真的太重要了，至暗的时刻，让生命有了深度，也有了可回望的记忆。

朋友圈里都在发太阳雨、彩虹，大家对火灾闭口不谈，注意力都集中在了拍摄美好的事物上。

所以，人潜意识中有一种能力，回避苦难，放大美好。

这种刻意的回避，令我充满勇气。其实，大多数人都没有想象中勇敢。尝试，一定带着盲目的乐观。

所有的成长都会给人撕裂感，成长得越快，撕裂的疼痛感越强烈，内心自我斗争越剧烈。一旦我们把注意力放在疼痛后的收获上，就会自在许多。

让自己静下来，真正地安静下来，感受时间的变化，自己心态的变化，呼吸的变化。专注到小事上，注意力会更聚焦，我们也会因为小而细致的收获更有幸福感。

我回到家中，把朋友圈最好看的风景，用油画笔画了下来。

我喜欢光影、彩虹、阳光、灯，谁也无法理解我对光影为何如此热爱，包括我自己。莫奈的画册和故事集，我买了又买，看了又看，他也在用光影讲述爱与哀愁，记录情绪和感受。艺术家和创作者都需要这种敏感力，需要这种对自然的细致观察，只有如此，你才可以完全拥有一段风景，一个人，一份爱。

每日下午，光会穿过窗户和窗帘的缝隙，洒在我的桌子上，我看着它，然后用手去触摸那束光，看到光洒在我的手上。

那一刻，我好像回到了童年。我就是这样钟爱着生活里的瞬间。而这个瞬间，几乎是我留在这家公司工作的理由了。

我不知道你做着什么样的工作，爱着什么样的人，会不会也像我一样，会因为某个瞬间而觉得人间值得。我知道你一直是我的读者，默默陪伴了我许多年。我总能在朋友圈一片模糊的点赞中，看到你的头像在其间，便觉得很温暖。

你经常给我留言，有时是一些具体的问题，有时是模糊的心情，我认真地看着，知道你是一个特别的朋友，一直在关注着我。

你之前生活的城市北京，也是我曾生活过的地方，有过我生活的痕迹和回忆。你曾经留学的东京大学，也是我向往的地方。

为了更好地理解我最喜欢的作家村上春树的作品《弃猫》，我特意报班去学了日文，冬天就要考试，我认真地在备考。我想看看除去翻译的文本本色，村上的文字到底涌动着怎样的质感。

我随心所欲地活着，想到喜欢的事情就去做了。成年人，做喜欢的事情，随心地生活，就是人生最大的奢侈。随心的时刻，越来越难拥有。我也越来越珍惜还能像现在这样，在咖啡馆写作的时刻。

人生的每个阶段任务不同，有时我们正在喜欢的事物，虽美好，却支撑不住现实，所以不得不去探索另一条路，来探索自己。

一日，收到钢琴老师的微信，问我有没有朋友要租房，我万分惊讶。

他那么喜欢钢琴，却去做了房产中介。晚上到家时，才能弹上钢琴。三年前，跟他学钢琴时，他那么少年气，意气风发，短短几年，变化太快。

他却不在意，自豪地解释："我还在弹钢琴，很多同学已然放弃了，唯有我用打工赚的钱养护爱好。这个城市有我这样有情怀的人存在，就是一抹特别的风景。"

我们都一样，都在忍受职场生活，都要去经历时代的变化，待自己深刻成长后，才可以交换到崭新的人生。

唯一能做的，就是在一个个分岔路口，回想这一切时，觉得自己没有辜负这个时间段的生活，这就已足够了。

不必过于苛责自己，适度放下，焦虑会少一些，期待你能重新写写画画，也期待你的来信。

每个人都要蹚过的河流

三十七岁生日蜡烛被吹灭这一刻，我许了心愿，期待明年的生日可以与你一起度过。本来想去买一套衣服来庆祝一下，却发现，自己胖了许多，我喜欢的那些少女品牌也不再适合我。我安排了新的体检。三十五岁后，我的职场困境越来越多，身体也越来越弱……是什么改变了我的生活，让我如此惶恐不安，不敢面对往下的路？

◇◇◇

你这个天不怕地不怕的人，居然害怕衰老，害怕年龄。

我必须坦言，自己也怕过。但现在的我已经蹚过了那条河流，不再惧怕，反而很享受此时此刻岁月带给我的优待。年龄无法定义我，无法限制我，其他的事物只能成全我，不能阻拦我。我对自己的要求是活出"中年少女"的优雅模样——可以老，但绝不可以油腻；可以继续做梦，但不能不切实际。

我今天在云南出差，在一个咖啡馆的角落里给你写信。

写信时，我的前面坐着一对年轻的情侣，认真地交流着数学这门学科。他们突然有了争执，女孩突然哭了，一边哭，一边说，原谅我的情绪化太严重。

少女很美，情绪也很脆弱且内敛。可惜男孩不懂怜香惜玉，看到女孩哭，还在以争辩的姿态来证明自己是对的。

我又听到后面的一对夫妻在跟咨询师交流，如何修复情感关系，两个孩子都在的时候，两个人如何相处。全程，女人的语速平稳，反而是男人比较紧张，经常失态，表达不出来的时刻，就会怒吼一声，以示不满。

坐在中间的我，感受一前一后情感的冰火两重天。

我在想，是什么使身后的女人如此冷静，沉着应对？应该是独特的阅历和经历。

至少此时此刻，我所羡慕的，以及想拥有的，是身后女人那种不卑不亢的能力，平静地表达着自己的诉求，不乱发脾气，也不提过分的要求。

那种如同树一般的沉静，绝不是一朝一夕的训练，而是时间的礼物——只有到了一定的年龄，岁月才会赐予人的一种通透。

离开咖啡馆，我站在玻璃窗外看大理这个城市，古香古色，缓慢，轻松，风中一直有花香游荡。我按照旅行手册去了几个网红的花园，都是相对年长的女性所建造和打理的。迫于人生种种变故的压力，她们辞掉一线城市的工作，隐居至此，开启了新的人生。

在自己一手打造的花园里，她们有故事，有情怀，也有自由，真的令人羡慕。

感谢时间，让我们心定心安——能看懂更多的绘画、书法、诗歌的深意；更能理解别人，合作的过程更融洽，也更愿意站在对方的角度着想；更能珍惜缘分、遇见，也更能下定决心远离、丢掉……时间带给我们的享受，远不止如此，我们一起慢慢体会。

我其实更期待你日后的来信，时间令思考更成熟，信应该会更成熟，视角更独特，心胸也更豁达。我喜欢在生命中一直自我延展的人，这意味着他们不断地重新认识到自己是谁，自己的边界。

除此，不要否定一切与少女相关的美物，少女品牌依然适合你，你值得一切美好。正是因为之前的积累，你才成为现在的你。之前喜欢的东西请继续喜欢，粉色、明黄、浅蓝，只要你喜欢，依然可以是你的主色调。

今年较流行的一个词语叫"多巴胺穿搭"，火爆全网，人人都可以尝试色彩鲜艳的穿搭，露出快乐的笑容。万物都可"多巴胺"。

品牌、衣物、妆容，这些外在的事物，用心挑选就好，追随自己的心就好。无须悲观，更不要自我否定。

悲观或否定，会设限你的生活。

我记得三十五岁生日当天，自己收到了银行信用卡以及各种会员卡的祝福。热闹不过一天，第二天，某App就开始给我推送一些自己想逃避的内容——

三十五岁以上的职场，为什么格外残忍？

三十五岁以后，婚姻要如何防范另一半出轨？

三十五岁以后被裁员，你到底要怎么反抗上司与老板？

……

我特意通过朋友，找到这个App的程序员，问他们能不能别再推送这么"丧"的内容，让人难受、失意。

他告诉我，只要你不点击，就不会有这些内容出现。它们之所以频频出现，说明你很在意。

于是，我控制自己不去点击类似的内容，我发现过了一段时间再看那些内容，依然还是跟大龄、失业相关。大数据有的时候并不准确，它以为它很了解我，但事实上，我自己都不了解多变的自己。大数据无法计算我的心，我的世界，我的独特。

任何人都无法一直保持年轻，少女感会流失得很快。所以，我更欣赏女性身上更独特的品格，比如力量、智慧、友善，敏捷。

女性的成长应该不止一面，你永远都要向前一步，更大胆地去探索自己应该拥有什么，更积极地去实现自己想要的生活。

我认识的朋友里，大多数女人，都是在三十五岁后开始了爆发式的成长，也在这个年龄段后，活得越来越舒展，越来越像自己，活出了"中年少女"的成熟与优雅。

加入了一个"四十岁后再出发"的群，里面都是敢于创新做事的小姐姐，我从她们的经历中感受到了许多能量。

我与一个做精油的女孩约了线下见面，她分享自己的故事：为了学习精油制作，前往法国深造，那一年她三十六岁，特别落魄，一无所有。

前面的三十五年都在积极地学着爱别人。她的原生家庭重男轻女，给她种植了一颗种子，让她以为爱别人就是一种责任和荣耀。

三十五岁离婚，众叛亲离，她反思且沉淀自己，收回自己的能量，开始重塑自己。学习、吸收、改变，不再以别人的评价为标准，也不再因不为身边人付出而内疚，渐渐活出了新生的感觉。

到了不惑之年，叠加的复利，努力地付出，让她有了一些成绩。最辛苦的时刻，可能是没钱买车票，在地铁口处的公园坐了一个晚上——

她说："我不怕，我很幸运，因为那天没有下雨，月光很美，还有群星。"

她说："后来，我赚了许多钱，我迷恋上看星星。我约你，韦娜，我们去银川那边的沙漠，夏天的时候，一起去看星星。我记得你写过那边的风景，那是你的期待。"

她说这些温柔的话时，我也很感动。文字的力量，记录的美感，都在这一刻，非常值得。那些从前被否定的时刻，那些觉得自己逐渐老去的衰败感，也在这一瞬间，荡然无存。

我们都是晚熟的人，从前的人生都在爱他人，从此之后，不仅仅爱他人，也开始试着学习爱自己。

让自己沉淀，让故事发酵。

我们无法像昨天那般年轻，但绝对比昨日充满智慧；无法像昨日那般跃跃欲试，但绝对比昨日的步伐更有力量，更能落地执行。这才是我更想拥有的品质，我把它称之为——时间的礼物。

时间的礼物，不会有年龄的限制，不会有少女感的执念，它属于一个成熟的人该有的果实，该有的自如。

心有远山，活在当下

以前我想，等我在东京买了房子，就把我的家人接来。现在房子的确买了，但依然没有能力将他们接来。之后我想，等我还完房贷就接他们过来，一起生活吧。我知道他们也在等我。在这个过程中，我的奶奶去世了，真的很难过，她是陪我长大的人，也是陪我最久的人。

我真的一直在努力，但动力在减少，我努力地让未来变得更好，并没有错，但未来不一定给我机会。所以，该如何活在当下呢？

◇◇◇

我们总在讨论，如何活在当下。这个议题被热烈讨论时，是不是说明大家都过于焦虑呢？

认识很厉害的文学博主冷冷，每次见面，冷冷都是焦虑重重的模样。

我说："你这么优秀的人也会担忧未来，我就不担心了。"

冷冷敲着我的头说："好了，该你倒苦水了。"

我仔细想想，我与她的苦水内容相似。不倒也罢！

总结了我们的种种忧愁，我发现了一致性：我们都在不停地奔波，实现了一个个目标，也牺牲掉了许多陪伴家人的时光。

由于不肯放松，步伐其实都是紧凑的，以为是在探索。有时也会误入歧途——应该是对未来过于担忧，导致当下的此时此刻做什么都有些用力过猛且信心不足。

我很爱笑，但内心并不快乐。我知道一个人开心才是最重要的，但我并不是一个很容易快乐的人。

我总在想，等我在上海安定下来，我就带父母去旅行。实现了安定，我又在想，等我好好赚钱，把房贷还完，我就带父母去旅行……在带着父母去旅行之前，我都要加上一个前缀。

亲近的友人提醒我，"你还完房贷，要二十年以后了"。我把计划压缩了一下，粗略一算，即使十年，我的父母也要六十岁以上。

那时，他们还可以跟我一起去旅行吗？答案是残酷的，令我无比惆怅。

我们都一样，都还在奔波的路上。我给你写信的这一刻，就在三亚的海边，这是我爸爸妈妈特别想来旅行的地方。我和父母有三次机会要来这里旅行，甚至有一次还订好了票，但最终因为我工作的改期，旅行计划改变，未能达成心愿。

这次，我来这边出差，昨晚刚到，今天分享会结束，晚上就要回家。据说三亚海边的落日很迷人，而我还要匆匆赶路。我深呼吸了一口，真好，空气中弥漫着海水的味道，清新、自由、活跃。我却不能久留，要赶回家。

成长的路上，我们一直在赶路，与各种期待、各种风景擦肩而过，无法停留太久。

我们都在努力让生活变得更好的路上。一直在完成明天要做的事情，后天要做的事情，一个月后、半年内要完成的目标，一年内要达成的考核，这些似远似近的目标，都清晰可见。

我们一直活在对未来的计划中，却没有好好地安顿当下的自己。我们仿佛有无数个美好的未来，却不肯有一个可以坐下来享受的现在。我喜欢看展，现在很喜欢带着父母一起看各种展览。每次看展前，我们精心打扮，以珍惜的心，像约会般去准备。

一次，妈妈一边戴丝巾，一边感慨："如果每天都能像今天这般有仪式感，这般爱自己，特别隆重，人生应该不会差。"

我也突然找到了看展的意义，就是把最珍贵的东西拿来，与隆重的美好，来一次约会。看画展的时候，能感受到心跳动的节拍，站在喜欢的画家的画作下，周围一切不复存在，世界是最纯净的蓝色，我们是海水，拍打着浪潮，交织着体会。感动到深处，眼泪落下。

我还去做了一个美术馆的志愿者，有时是打扫卫生，有时是统计人数、帮人指路，我很享受那样的时刻。每次展览，我都能发现与众不同的事物，有时是看画家的绘画笔触，有时是突然领悟到了画家的风格及变化，有时是终于认清了历史朝代中一件器具的迁徙、变化。

从春天到夏天，再到秋天，会发觉到季节不同展览也在变化，颜色、主题、纪念的人物或历史……细节在变，城市在变，反而是忠诚于看展的人，还是同一批人。

真的要适时归拢自己，活在一种有限里。在有限的空间、时间，拥抱有限的自己、家人，珍惜有限，且让有限变得更珍贵。习惯去观察人群的流动，看到生活更细节的那部分，感受更细微的变化。

最近我被一个故事打动。

一个三十六岁常春藤大学的毕业生，在确诊了不治之症后，并没有特别悲伤，反而谈起最后悔的一件事 ——没有按照自己的意愿好好生活过一天，没有活在当下。

本科想读英文同声传译，被父母逼着去学习了国际金融，父母觉得后者更有前程。毕业后，工作也选了父母喜欢的职位，只想让父母开心。最抑郁的时候，想过跳楼。工作压力大，一直加班，发烧的时候也在加班，给父母打电话，被批评太过娇气。

工作几年后，研究生被常春藤大学录取，父母推动继续攻读不喜欢的金融专业。研究生毕业后，每天很早出门，很晚回家，几乎全年无休。

一日，突然生病了。一查，得了癌症。她突然找到了"躺平"的理由，总算可以不想做什么就不做什么了。

当然，她与我们不同的是，她活在一种被控制的爱中，未来的选择权交给了父母。而我们则是主动地把自己推了出去，迎难而上。但本质上又是相同的。我们都在不断地把时间、精力推出去，满足自己想达到的目标，满足周围人的期待。自己早已不堪重负。

现在的自己，特别羡慕孩子，羡慕人最初的情感和直觉，羡慕我们丢失的最初的懵懂与纯真。

我经常坐在小区里，观察小孩子。他们不会隐藏自己内心真实的想法，会很快判断好的坏的，从不迟疑、猜测。开心的时候，他们立刻大笑；疼的时候，立刻哭。而大人们都要学会一门功课，叫情绪管理的能力，所以，很难从大人的言辞和表现中看出破绽，看到真心。

小孩子就会天真烂漫、随意得多，他们身上有种很直接的直觉判断，可以瞬间被美好的东西吸引。一日，我在美术馆看到一群孩子，围着凡·高的画说个不停，煞有介事地评论——有孩子说，他的笔触好看；有孩子说，他的画在运动。展览中那么多画，孩子们的表现都表明了他们更喜欢凡·高的这幅画。

大人们远远地看着孩子们，身边没有讲解员为他们解读，他们依然凭借自己的直觉和审美，找到了展览中最美最好的那幅画，并为此停留、赞叹。

孩子有着天生的敏感，他们才是美的纯粹的追随者。孩子的直觉能力远超大人，他们永远活在当下，爱在当下，他们不会记恨。喜欢一个小朋友，就热烈地表达喜欢；跟好朋友吵架，哭完以后就立刻能原谅彼此。

在他们的世界里，没有留存，开心就笑，疼痛就落泪。未来的概念，是父母给予的期待，他们本身的思维是活跃的，是转瞬即逝的。这一生，谁活得像孩子这般天真、纯粹，谁就是最大的赢家，谁就是那个令人羡慕的人。我想要做一次那个赢家。

"世人苦被明日累，春去秋来老将至。"我已准备好行囊，当下就出发，不再等明天的到来。

非常喜欢一首诗——《三个最奇怪的词》，维斯瓦娃·辛波斯卡所著。以这首诗，来献给每一个对未来没有信心且无法安于此刻的人——

> 当我说"未来"这个词，
> 第一音方出即成过去。
> 当我说"寂静"这个词，
> 我打破了它。
> 当我说"无"这个词，
> 我在无中生有。

听风八百遍，方知是人间

线上听完你的演讲，你自信洋溢的那种特质，感染了我。我看到你采访明星、作家、学者，看到你跟他们自如地交流，这对我来说，都是可望而不可即的。他们都是高能量的人，我惧怕跟比自己能量场大的人相处。

我从不敢登台演讲，只能躲在幕后。我隐约觉得一种叫作自卑的东西，一直缠绕着我，导致我做的选择与内心的渴望并不相同。我也期待可以线下亲自去听你的演讲，我更期待自己登台演讲，你来听，一定会有这样的机会吧？

◇◇◇

自信——这个评价可能是我听到过对自己最高的评价了。我很喜欢。真心谢谢你。

毕竟从前的我，一直以自卑自居。从读高中到工作前几年，自卑感一直缠绕着我，也影响了我的发挥。你敢相信刚到北京的我，其实是连地铁都不知道如何乘坐，迷了路不敢问路，半个小时的路程走了三个小时的笨女孩吗？是的，但当我终于到达目的地，欣喜满怀，不管耗时多久，我尝试了，走完了，就是胜利。

最初开始主持，真是要命，每次紧张到后背湿透才能把一场活动主持结束。现在无论是主持还是直播，紧张自然会紧张，但已经自如了许多。

这一切，都是练习给予我的嘉奖——练习，投入持续的练习；思考，用心深刻地思考，明白万事万物都是相通的，会让你拥有底气，也会减轻你的不安与自卑。练习的过程，就是站在风中听风，越沉浸，越投入，能捕捉到的细节越多，人也越成熟。

当我们完成的目标越来越多，步伐就会越来越坚定，得到的结果就会更好，整个人也会如沐春风，成为一个像风一般自由且温柔的人。

我十四岁时，从山东的小镇去中央美术学院培训班学习绘画。已忘记班里同学们的长相，但有一种印象特别深刻，用两个字可以概括，那就是他们的"光鲜"，恰好反衬了我的"黯淡"。

当然，那都是我内心的映射。因为自卑，所以我不敢跟任何人交流；因为自卑，所以只好垂着脑袋，看向脚尖。但人的成长，眼睛要更多地看向星空，而不是一直盯着大地。

记得刚报到的第一天，美院的老师问谁是刚来的新生，我不敢举手应答。幸好，虽然老师在课后主动找到了我，批评我不积极，但友善地给我补课，并鼓励我好好画画。那份感动和感激，化作了我日后学画的动力。我只有更加拼命地学习绘画，才能弥补和他们之间的差距。

现在我也成了文学讲师，教人阅读和写作，每次看到新来的学生名单，我也会找到那个新来的人，像之前美院的老师一样，为他补课，类似一种传承。

高中时，就喜欢主持，曾报名参加主持人竞赛，还曾去附近的麦田练习，对着空气自言自语，假装自己在主持。无奈，面试第一轮我就被淘汰了。拿到结果后，我不由自主地落泪，听到有同学戏谑我："你看，那么肥胖，皮肤那么黑，居然也想当主持人。"我流着泪跑掉了。

记得那个时候，大家都喊我"黑娜""肥娜"，我都接受了。那些给我取外号的人，现在依然是我每次回老家必见的好友，每次都要跟我道歉，我都要拿抱枕砸他们一顿来解气。

其实，不管别人如何打击我，我从未放弃过重塑自己，未曾放弃过自己想完成的事情。总有一股心气，类似决心的一种定力，在我的世界里，孤独且美好地站立着，我从不曾因外力倒下过。

大学毕业时，老师让我们填未来想成为的人，许多同学放弃了这个游戏。

我趴在桌子上认真地填写，郑重地写了一行字——成为一名作家、编剧，写小说，写电影剧本。

毕业时，我虽然瘦了下来，也被男生喜欢、追求，但成为作家的梦想，距离我太过遥远。但我还是鼓足勇气去报考北京电影学院文学系的研究生。

我曾在北京电影学院地下室住过一段时间，经常去学校蹭课，每天都在白纸上列计划，把要做的功课一一完成，画掉。

一次过敏了，我突然发烧，全身长满了红色的点点，邻居是一个很害羞的男孩，拿药给我。还有一个邻居是电影摄影师的助理，帮我拿来热水。

我与他们交谈了许久，真的，每个人都有故事，也有想完成的事情，无论梦想多小，都难能可贵，都值得奔赴！我们到现在还是朋友，大家有时还会怀念从前那段"地下室时光"。

那段艰难的时间，让我理解了每个"北闯"身上的勇敢。

勇敢就是一种自信、豁达。

当一个人身上背负重任时，你得允许他一边探索一边出丑，允许他一边挣扎一边试错。这个笨拙的阶段，谁都有的。只有沉淀到一定程度，聪慧、通透、熟练、自信，仿佛才能不请自来。但前面那个阶段，我们都是"孤勇者"。

孤勇的阶段，自卑的感觉一直贴在我的胸口，但自卑感并没有困住我。我总是觉得自己不够好，所以投入更多，更主动去争取。那种唯恐做不好事情而被淘汰的紧迫感，那种一直在雨中奔跑的呼吸感，我特别懂。

许久以来，我所走的路，并非一帆风顺，并非一直有人鼓励。但我是个固执的人，喜欢一试再试。

我读到塞林格的《麦田里的守望者》，写了一个少年对成人世界的不适应。

我们读《哈克贝利·费恩历险记》时会发现费恩非常聪慧，有一种与生俱来的从容感，但《麦田里的守望者》里的少年就不同，他特别敏感，且不会保护自己。他深深迷恋着美，无可救药地被钉在了美的十字架上。在他的身上，你可以看到低落、不解，也可以感受到"角落里成长"的孩子那种自卑与谦逊。他咀嚼了所有的痛苦，把快乐毫无保留地分给了别人。

塞林格写完这本书，便隐居了四十五年，下半生几乎都是在离群索居的状态下度过的，成为一名隐士。

自卑固然不好，但过于自信绝对是成长的灾难。

我们经常看到电影里的狂徒，或现实中的霸道总裁，对自己过于自信。轻视过程，重视结果的人，最终都会失败。

我倒更欣赏我们这样的人，在过程中小心翼翼，没有过多期待，从而有了更好的守护梦想的心。

所有的真相与结果，都是柳暗花明的。不仅有阵阵风雨，也有缕缕月光。

生活是一场自己与自己的较量，在混乱且焦虑的途中，每个人想做的事情太多，想法如杂草，但时间有限，精力有限，谁都无法将期待一一实现。

这个时候考验的其实是谁更专注，谁更投入，谁能坚持，谁更坚守。想要摆脱自卑感，就是要拿出更多的精力去做事，自信其实是在做事的过程中一点点积累而来的。

当一个人拥有专注、投入、坚守、坚持这些特质时，坚信这个人与任何人交流、交往，都会自然、自如，心境澄明，世界明朗、开阔——这个感觉，我确定它就是自信——它让人开阔，也令人从容，如同戴锦华老师所言："事实上，我与某种内在的极度自卑，或者说是自我否定和自我厌恶感搏斗了几十年。我毕生在学习一件事：接受自己和背负起自己。"

我们都是在风中奔跑的人，敏感但不脆弱，执着但不盲目，从清晨到黄昏，步伐不停，永远充满期待，永远热烈自由，一直走在属于自己的麦田中。

关于我的线下分享，每个月都很多场，欢迎你随时来，我们随时见，随时深度交谈。也期待在一次线下分享时，你能在结束后跑到我身边，对我说："嗨，我认识你很多年了，韦娜！"那样，我便能一下猜中谁是你，朋友。

友情永在，你也是。

希望永存，你也是。

敢要的勇气

最近被升职加薪，我却拒绝了。大家都很诧异，为何人人羡慕的职位和薪水，我放弃得如此从容。因为我作为一个职场妈妈，必须放弃一些未知的挑战，才能成全家庭。

进退两难的时候我很纠结，选择结束后，我顿时明白，自己并不是不想做女强人，而是不想承担，毕竟坐上那个位置，要放弃更多珍贵的东西。我很好奇你会如何选择呢？

◇◇◇

人生可能就是一个游乐场吧，我们都是游客，有些项目不敢挑战，有些项目勇敢挑战了，也不见得享受其中。每当你有选择时，说明此时此刻，并没有最优的答案。

不要听从任何难以对你有实际借鉴意义的建议。

谁也无法替代你，任何人也无法感同身受。我只能分享有关勇敢的故事，供你思考。

重温法国电影《两小无猜》，当男主和女主还是一起长大的男孩和女孩时，他们的爱意就在互相猜测和选择中开始了。他们喜欢拿着精致的玩具盒子来打赌，盒子在谁的手中，谁就有命令的权力，可以让对方答应做一件出格的事情。男孩是人们眼中的淘气包，女孩是移民法国的波兰人，也属于正常秩序之外的存在，大家经常嘲笑她。两个谁都没有那么在意的人，却彼此重视。

"敢不敢？敢"的游戏一直在继续。

两个人长大后，女孩问："你敢不敢说爱我？"男孩回答："敢！"

女孩却认为这只是他们的一个游戏，以及一个习惯性的回答。明明是两个人的默契，在女孩的猜测中，这种美好的感觉不再存在。

男孩的父亲对他的要求格外苛刻、严厉，他们的背后有一套强大的社会规则。男孩和女孩的生活日后并无交集，十年后，男孩过上了中产阶级的生活，女孩依然停留在少女情怀之中，带着她纯真的爱，在她想要的生活里流浪。

电影的最后，是开放结局，有两个选择：第一个结局，是继续"敢不敢？敢"的游戏，他们的默契在此平衡，在建筑工地的混凝土地基下，拥抱接吻，被凝固在了水泥地下，宣告着所有的游戏结束了。再也没有游戏、背叛，再也没有阻碍。

另一个结局是，两个人双双白头到老，还在玩"敢不敢？敢"的游戏。

在这场爱和人生的游戏里，我们很难比较哪个结局需要更多的勇气。敢或不敢之间，早已模糊了爱与游戏的界限。若延伸到现实生活，其实就是两个选择——要么勇敢去要，去确定；要么不敢接受，转身离开。

采访过一位企业的高管，她喜欢摄影，中途她突然伤感地说，其实升职加薪，也是一种欲望，有时过于沉重的欲望真的是一种罪过。你为了这种沉甸甸的欲望，牺牲了生活，以及对家人的陪伴，但职场无法保证你是持续攀登的状态。

采访时，我还是个少女，难以明白这段话的深意，不假思索地在文稿上写：当然要攀登远山。

若干年后，当我做了母亲，也在现实中面临类似的选择，丢掉种种工作机会时，我依然忐忑不安。赛道的可选择权并不多。

有幸被邀请加入了一个群，群名叫"那些变现百万的女性的生死探索"，里面邀请了几位优秀的女创业者，她们在群里做了分享。其中一个女孩分享的故事，特别动人。

她做过的最勇敢的事情是二十五岁的时候，英语只有四级的她，为了挑战自己，一个人从银行辞职，前往加拿大留学，并最终留在了那里。中间的经历辛苦异常，然而最令人动容的，是母亲对她的鼓励。

她的脸上天生有一块很明显的红印，当她开始认识到美的时候，很自卑，不敢上学，不愿见人。

母亲把她带到镜子面前，让她看着镜子，说："上天亲吻过你，所以才留了这个红印。你要想想它留给你的其他东西，也很珍贵，你看你的眼睛忽闪忽闪，你的嘴唇像一颗樱桃。你要勇敢地面对任何人给你的非议。"

听完母亲的话，她开心地去上学了。面对异样的眼神，她也会勇敢地直视对方。

成长的路上，一直有母亲的鼓励，所以她格外勇敢、自信。是母亲让她认识到，任何人都是不完美的，但永远有另一面的美好也属于她。遗憾的是，她二十三岁那一年，母亲去世了，她的世界也碎了。她再次来到镜子前，看着脸上的红印，想起母亲的鼓励，毅然决定要改变一次命运。于是，她辞职，并前往加拿大留学。

我看着她分享的视频，自己穿着红色的裙装，在沙漠里笑得灿烂，真的是发自内心地敬佩她的果敢、真实、自信。她把收入中的一部分，无私地捐给那些偏远地区的人。她早已从自卑的、需要人鼓励的小女孩，长成了可以给予他人精神和物质力量的大女人。

人最美好的状态，其实是可以勇敢去要，也可以甘心放下；可以放心给予，也可以大胆转身。

2020年夏天的一个下午，我电话采访了张德芬老师。她在中国台湾，我在上海，很神奇的一种缘分，一次遇见。张德芬老师是我很喜欢的一位作家，喜欢了很多年，兜兜转转，在某个时间点，我们终于遇见。

我日益相信，与更好的力量见面的缘分，其实是自我努力进阶之后水到渠成的美好。做到了，我们才能连接到那些比自己更优秀的人。

张德芬老师说："敢要东西的人，都比不敢要的人过得好。那些非常敢要的人，虽然可能让你敬而远之，可是他们的生活通常都过得不错，也很有动力。"

敢要那件东西时，就代表着我们要去实现，会有压力，也会有挑战。如果一个人低着自尊去恳求一个人留下，去祈求一样东西，往往会适得其反。

我更相信那句话——如果自己的价值提升了，她被满足的可能性就会更大。因为，提升的路上，她不再需要别人来证明自己。她更多的是想给予他人，因为人是有内在资源的，正向的内在资源转化成为一种正能量，让我们勇敢。

一位拍纪录片的导演说："每次开始拍一个纪录片的时候，我内心的感觉就是站在一个万丈深渊的悬崖上面，脱光了衣服，然后跳下去，自由落体，把自己投向了万丈深渊。"他坚信自己会在落地摔得粉身碎骨前，生长出新的翅膀，继续翱翔在天空之上。所以，他能坚持勇敢。他内在的这股力量，源自他内在能量的充足。正是因为这股力量，我们才能区分自我和他人，想象与现实，可贵与可舍。就是这股敢跳下去的勇敢，让我们认识到自己是谁，哪些才是自己要奋力抓住的机遇。

那些不敢往前迈步的时刻，恰恰是因为自己不够自信，没有那么想要。当我们否定自己时，内心多半也不会涌动正向的力量。

但愿我们，不管经历过什么，际遇如何，都能探索内心更多维度的力量，都有自信去面对自己的不完美，也能甘心舍弃人生多余的"行李"。

你就是自己的拯救者

毕业多年，对比我和同学的生活，我都会怨恨自己，仿佛缺少了一些贵人运，所以才导致自己活得很辛苦，也没有达到自己想要的成功。想问问你相信贵人运吗？一路走来，是贵人在帮你，还是靠自己的力量走到了现在？

◇◇◇

最近一个新闻上了热搜：年轻人沉迷于算命，是悲观的表现还是乐观的举动？

余华老师在一个采访中说道，我觉得算命也是一种上进的表现吧，就想自己的命运里边是不是还有一种美好的东西在前面等着我。如果一个人连算命都不想算了那可能真是消极了，只要他还在算命的话证明他还有上进心！

过去有很长一段时间，我迷信塔罗牌，迷信奇门遁甲，自己还买了各种书和牌，不仅找人帮我来预测，我也沉浸式地深度学习，不亦乐乎。我还特别问询身边人的心愿，帮大家预测命运。

那段时间，真的是我的高光时刻，好多朋友每天都来问我，穿什么颜色的衣服更合适，爱情的走向，职业的前景。

我差点就要靠塔罗牌去变现人生时，听闻一个同样喜欢塔罗牌的朋友辞职，换了工作后，又回到了原来的单位。她无限感慨，说当时的领导很喜欢她，但接触了一段时间，还是把她劝退了。她一直以为领导是自己的贵人，这真的是很大的误会，千里马常有，而伯乐不常有。

通常情况下，贵人只能是自己，你就是自己最好的拯救者。

我是小镇出生长大的女孩，一路闯荡在各个城市的过程中，遇见过许多诱惑。有的诱惑，的确很有杀伤力。贵人不仅代表了财富，也代表了种种机会。

我也曾为贵人运内心起伏，但我看到有人为了机会，不择手段，最终被机会抛弃、名誉抛弃时，两手空空、一无所获时，内心终于顿悟——一个人对另一个人的认可，不是认可的一个名字或头衔，而是彼此的实力相当。

所以，我每次都要小心翼翼地认识诱惑，并避开它。我不喜欢被任何欲望控制。

王德峰老师曾说，人到了四十岁还不信命，悟性太差。

可在特别年轻时，一个人的眼界被刚刚打开时，面对的诱惑最多，很难信命，更愿意相信努力可以改变这一切。当人们只在意眼前的得失时，根本无法思考事物的深度。我们以为远方的城市就是最繁华的名利场，它的吸引力却随着年岁的增长，逐渐消减，最终消失。

一个人最终可以获得的，除了内心的平静，其他的都是欲望的显现。

试问在偌大的城市生活，谁的微信里不躺着一两个名人的名片？机缘巧合中，谁都有幸可以跟他们坐在一起高谈阔论一小会儿。谁没有被命运偏爱过，跟那些优秀到耀眼的人一起合作项目？

但生活终究是枯燥的。我一个团队的小伙伴说："最悲伤的是，这个项目是某个名人的日常，却是我的高光时刻。结束后，要醒来，回到自己本真的生活里，回到出租屋，回到'四面漏雨'的中年生活中。"

我的第一本书上市时，恰好自己是意林的文学讲师，全国各地讲课，再加上微信公众号的助力，我写的很多文章被人民日报、十点读书等媒体转载，真的是"出道即巅峰"。好运一起涌向我时，好多人都以为是贵人在推动我的前进，其实并没有任何推手。

唯一感谢的是当年的自己，一边出差，一边写作。直到今日我还记得，那晚上火流鼻血，我在酒店赶一篇文章，血滴在键盘上，又滑落到衣服上，我用湿巾擦掉继续写的那种倔强与孤独。写完后，天色微亮，我赶紧梳妆，前往下一个学校讲课。从不觉得疲惫，莫名地有一种力量支撑着我。

十年后的此时此刻，我还在孤独中写作，在不同的咖啡馆，在不同的人群里寻觅灵感。为了让自己的文字变得更有辨识度，有自己的风格，我一直在大量阅读，长期旅行、跑步、采访。

写作是相对长寿的工作，没有热爱，没有时间的投入，很难坚持。中间也有公众号的创始人想要签约我，帮我打造"阅读写作"等达人形象，后来我再见他，发现他也在视频号从零到一地做流量，数据并不及我。这与当时他在舞台上演讲时自信满满的状态，有天壤之别。那些你以为来拯救你的贵人，可能只是一个普通过客。最终你还是要依靠自己，依靠热爱，去延续、创造、抵达。

没有谁是谁的贵人，如果有，也应该是一时的助力，无法长久。

你是我成长的见证者，见证了我的委屈，也见证了我的努力。我如同即将在海边搁浅的鱼，自始至终，只能靠自我的韧性在海边托着自己往前游去。成长的路上，尤其是备受煎熬的炼狱时刻，只有自己，绝无旁人。

若你问我贵人除了自己，还有谁？

我想应该是身边支持你的人，一直默默无闻地爱着你的人。

最近有个书友给我留言，说自己六十多岁，不舍得退休，也不敢退休。女儿已四十岁，依然独身一人，她为女儿担忧。整整工作了四十多年，继续下去是想多赚点钱留给女儿，如果女儿没有结婚，无人陪伴，至少还有她留给她的钱。

我问她："除了女儿，还有自己想做的事情吗？"

她回答："当然，我想最后一次装修好自己的房子。看书、画画，想跟你学习写作。但是这些跟我女儿相比，都是次要的，我想做的事情是可以被忽略的。"

我问她："跟女儿交流过吗？"

她摇摇头："我不敢，怕伤到她的自尊心。但她也有劝我，让我把注意力放在自己身上。"

窗外，上海正在下雨，梅雨天气，阴，潮湿得厉害。爱的路上，我们都是修行者。我想象她的女儿，孤独一人，穿越上海最繁华的街道，在某个咖啡馆驻足、在某一棵树下站立时，肯定不知道自己此生的贵人，其实是母亲，一直在包容她，理解她，鼓励她，担忧她。当然，她可能不需要母亲这种牺牲与付出，过于沉重的爱，也会压垮一个人。

我们时常把拥有运气这件事看得过重，仿佛一个没有运气、无贵人助力的人，是无法取得成功的。可我们很少回望自己，整理自己。一个人所拥有的当下，才是生活的基准。多数时刻，我们活得潦草且莽撞，横冲直撞，只为结果，缺乏耐心和韧性。不知觉间，迷失自己，只要他人一声招呼，我们就会气喘吁吁地跑过去追过去，立刻忘记自己的主战场，更会忽视亲人，失去贵人。

如美国首席大法官约翰·罗伯茨在儿子毕业典礼上演讲所

言："我愿你时而运气不佳，这样你会明白运气在人生中的角色，明白你的成功并不完全是理所当然，而别人的失败也非咎由自取。"

你，以及真正爱你的人，才是你的贵人与好运。

我在黄昏里停笔，开始走向人群。写信时，乌云密布，结束时，夕阳落下。

人生其实是一场需要以自己为基准的旅程，从容上阵，耕耘收获。

一旦热爱生活，好运自来，生活就会教你治愈一切的魔法。

第二章

先好好爱自己

生命的这趟旅程是为了看看太阳，是为了听
听河流的声音，是为了寻找生命的感动。有太多
值得的事情去做，去经历，去感受。

失恋时的自我更新

　　我失恋了，心非常疼痛，非常难过。但你不要安慰我，我会好的。写信是想要你告诉那些像我一样的人，别像我一样傻，被一个人一直伤害，而走不出这段感情的怪圈。

　　我现在东京的市区，夜晚很黑。丢掉了爱情，我已找不到留在东京的意义。我是为了他而选择来到东京留学，此时此刻，我很想念北京，想念家人，包括你，我从未谋面的朋友。你也深深爱过一个人，且被他伤害吗？如何结束一段自己都觉得不该继续的"孽缘"？

◇◇◇

　　此时，已是秋天，我最喜欢的季节。此刻，我在福建泉州出差，台风肆意，大雨时而停下时而倾盆。雨后的空气，温柔、清新，环境如同绽放的莲花般洁净，我相信你也会喜欢这样的风景。

　　其实人生的暴风雨很多，比如失恋、失业、失去亲人，包括失去生命。失去，意味着一段关系的轮回，一个自我的更新，一段际遇的缘分，意味着痛苦、不舍，但混沌之后会有新生的景象。

我看到你在信里说，自己从未真正融入过人群，一直保持着距离感。因为毕业后，你一直在给各大平台供稿，没有真正成为上班族，一直在城市与城市之间游走，过着旅居的生活。许多人会羡慕你的状态，却无人理解你的辛苦。你说自己一直缺乏安全感，很难爱上一个人；爱上之后，又会赴汤蹈火，飞蛾扑火。爱情神话毁灭时，又会怅然若失，长久地陷入低迷的情绪中，在一种反复徘徊的状态中，时而清醒，时而低迷。而你，此刻正处于受伤的状态，并问我，成熟女人，还在为爱沮丧，会不会幼稚。

不会，当然不会。不管年岁几何，还能为爱付出的人，一定是勇敢且内心温柔的人。

年龄并不能限制任何人勇敢去爱。

你问我："爱过一个人吗？"

我自然是爱过别人，也伤害过别人；被人爱过，也被人伤害过。当然，被任何人伤害，都是我们赋予他人的权力。

此时此刻，我也会追问自己：那个时候真的是爱吗？

毕竟在特别年轻的光景，在更能轻易地说爱或喜欢的时刻，我们看各种电影和书籍，探讨爱与不爱的标准，分辩爱与不爱的自由，都是那么自然，那么肯定，现在想来只觉得从前大胆。我现在所理解的爱，与过去的标准并不相同。当然，每一段爱，在不同阶段都有着各自的真假难辨，也都有各自的独特理解。

你问我："再想起从前，不会觉得自己幼稚吗？"

不会，我反而会生出许多怀念，怀念那时所拥有的勇气、信念、纯真。逝去的不只是时间，还有对爱的真诚和无保留。但你要记得，当一个人真正清醒地认识到爱情并不是生活的全部时，他的世界很难再遇见真爱。

你要知道，工作、亲情，身边的人与事情，样样都值得去爱，去理解。一旦明白这个道理，人恍然长大。

长大后，生活日益沉甸甸，一种压迫感越来越重，压在你的某个神经交叉点，微微刺痛，令你无法躺平，无法轻松。

我总是梦见过去，在梦中，才可以把遗憾的事再缝缝补补，与错过的人和事情再次相遇。虽然是梦境，却很清晰。我一再确定一些事情的结果，仿佛得到一个圆满的答案，才可以安心。

当然，我只有在梦中才会这么执着，现实中的我，已经学会不再苛求、苛责，仿佛已经拥有了强大的接受能力。失眠时，多半都是在写作阅读，很难再为具体的人和事分神。

二十岁时，敢爱敢恨，敢辞职，敢去远方，敢说敢做，敢结束，绝对的勇敢充斥在内心。我欣赏那样的人。此刻的自己，更敬佩敢不爱，敢去承担工作，敢为了当下放弃远方的人。其中的牺牲和百般滋味，都被暗自承受。承受，就是力量。我更相信，绝大多数人都在承受与承担中独行。

我们只能孤行，我和你一样，都在路上。

你问我："应该怎样下定决心去了断一段不合适的感情？"

想起黑塞笔下的悉达多，那个少年，已是我心中的神。但他在做决定时，依然要寻觅许久，踉踉跄跄，才可得出生活的真谛。尤其到最后，他日日同渔夫捕鱼，最后开始与身边的花草树木通话，了解到众生皆苦是因为每个人都有自己的使命。你赶路、经历，你冒险、奇遇，最终不过是走一趟你已看过的人生剧本，完成使命的过程。如此想来，那些爱错的人，那些走弯的路，仿佛闪烁着光，都可以原谅。

我是一个情绪变化得很快、愤怒消退得也快的人。为此，我常警告自己事缓则圆，等一切静下来，再做决定。毕竟有些事情在缓慢、拉长地看的过程，结果可能会自己浮现，已无须你来做决定。

遇见无法立刻做出决定的事情，可能是因为智慧不足，可能因为缘分未尽，所以我会一等再等。由此也会有纠结、反复。若有一日，我能果断，手起刀落，一定是比现在更为成熟、强大的时刻。但我并不刻意地想穿越到那些时刻。所有的成熟都应该"物来顺应，未来不迎，当时不杂，既过不恋"。

现在的我走得很慢，甚至是缓慢地前行；时常会有负重感，喜欢阴雨天，坐在咖啡馆看外面的人群流动，往日的人与事一件件沉浮。我渐渐意识到，人活得舒展、自在，就是生命最大的欢喜。

收敛地使用情绪，人就能愉悦。

愤怒、愤恨等悲观的情绪，会随时间逝去，但结局不会。

结局就像果实一样，垂着头，躺在那里，等着被接受。当你接受时，它真的就是硕果累累的果实；无法接受时，其实是自我和解的课题。

那天看到鲁米的诗集《在春天走进果园》，被书名打动，立刻买下。几乎所有人都是在秋天走进果园，因为有清晰可见的果实可以顺利拿到。在播种的季节，无功利心地去果园，去欣赏或逗留的人，才是真的爱那座果园的人啊！现实中，能不能遇见那个愿意在春天走进我们果园的人，需要一点缘分、运气，也需要一点坦诚、勇敢。

人生就是一场路过，好的坏的，只是路过。不管选择什么样的生活，其实都会后悔。

我坚信，路会自己展开。成长的路上，别把自己弄丢了就好。

先好好爱自己

听完你的读书写作课程的分享，你分享说："女生在成为母亲之后，整个人的成长蜕变是巨大的，成长的速度也是极快的。面对新生命的责任感和使命感，她们会促进自己快速成长。"

可这个世界有大量尚未成为母亲的女性们，或者有些女性可能这一生都不会做母亲。她们更需要快速地蜕变，她们独自面对世界，没有家庭的小集体作为支撑，她们更需要支撑她们前行的动力。越来越多独自面对世界的尚未成为母亲的女性们，她们该如何更高效更自律地变得强大？她们该如何好好地保护好自己不被大风吹倒？

◇◇◇

我的生命的确有过一个转折，是在我成为妈妈后，仿佛迸发出了强大的力量，又温柔又坚韧。感受到了从前未曾体会到的感受，重新理解了母亲、父亲的一切，重新梳理了自己与他们的关系，与世界的关系。

我经常去采访、访谈，与各种人生擦肩而过，渐渐明白，女性成熟的通道绝非只有结婚生子这一条。女性的成长通道非常宽广、创业、改变赛道、培养兴趣、提升学历、重塑与自己的关系、向喜欢的前进一步……只要有意愿重新开始人生，都是觉悟、成长。

任何人与事的结果，都无法一下爆发，在慢慢积累、思索、踌躇的过程中，它悄然改变。尊重世界的变化，更要在意自己的变化，微妙的，极端的，被迫的，主动的，各种变化。

如果女孩由于客观或主观的原因无法成为母亲，只能做一个单身的女性，她可能会无法获得我所说的那种成长和生命的体验，但她有属于自己的路要走。

每个人都有遗憾，但也有和解。每个人都有功课，也都有勋章。

在这个时代，属于女性的荣耀正在急促变化，任何一种狭隘的生活方式都无法局限她们。

生命的这趟旅程是为了看看太阳，是为了听听河流的声音，是为了寻找生命的感动。有太多值得的事情去做，去经历，去感受。有目标感的人更容易抵达远方，可目标单纯地定在结婚生子这件事上，人生就会单薄。婚姻不是必选项。

看完余华的那本书——《活着》，又去看电影，最后老人孤身一人，回忆过往的人与事。他一定是痛苦的吗？其实并不是。他的经历里，不只是痛与孤独，记忆里也有荣光时刻，有结婚的喜悦，与妻子在一起的温馨。故事里的任何人都没有圆满，活着，就是为了经历。

一个人，不管选择了结婚还是单身，都是孤独的。但一个人肯定比一家人更自由，她选择世界与活法的时候，可以更自我一些。

单身、恋爱、结婚，其实是三种不同的状态。

单身的时候，爱或喜欢可以瞬间变化，转身的时候可以允许自己任性，又或者不需要他人的同意立刻暂停。

婚姻却需要坚持，需要认同感，需要包容和原谅，更需要时常停下来耐心地等待家人，有时也要大步跑上许久，气喘吁吁地去追赶走了很远的爱人。

不管处于这三种状态下的任何一种，其实都有感情要遵循的守则。但比较而言，婚姻肯定需要更多的责任和理解才可以并肩走远。

一次，我在群里看到大家都在建议一个朋友离婚，每个人都是好心好意，但建议太简单、太直接。我一直坚信，一段婚姻中无法解决的问题，下一段婚姻中，将继续等待我们去修行。一个人在单身时没有解决的问题、改变的生活细节，婚后也注定困惑。所以我从不敢在婚姻问题上给任何人建议，"因果"这两个字，不应该是其他人的选择，应该是自我的选择和承受。

我听到你说了"使命"，这个庞大的词呵！

多数人的确看不到自己的使命。

背负使命的人，会有强烈的责任心与负重感，也注定会活得辛苦、热烈。

所以，我极力认同一点，女人的使命不能局限于结婚生子或生育，她可以有更辽阔且丰富的世界。除非，她愿意选择这条路，并认为这是她的归属。

你问我，结婚后最大的安全感是什么。我想，应该是我的工作、梦想，眼前正在走的路，以及家人的安康。

无论一个女人是单身，还是在婚姻中，可能都是孤独的，可以依靠的始终只有自己。

任何一种懒惰，任何的不劳而获，成本都很高。

无论你走在任何路上，任何状态下，都愿意去尝试、感受，这就是很好的状态。

《悉达多》中的悉达多，生命里的角色一直在转变，从真善美的王子，到富有、放纵的商人，再到成为一个潦倒的人，最后成为一个可以与自然对话的人。他怀疑身边的一切，但有一点特别可贵，他很真诚，从未放弃过"寻找自己是谁"这个生命最重要的课题。

不要被现实困住。单身也很好，意味着选择的成本更低，生活的方式更简单。可以很爱一个人，也可以随时离开。不需要计较孩子下课的时间和作业，想旅行的时候，买上一张票就能走很远。

一个人就是一个团队，一群战士。一个人，就是一团火，热情、自在。一个人，就是一片云，舒展、自由。一个人可以把自己过好，才会拥有全世界。一个照顾不好自己的人，无法去爱。

单身的时候，好好享受单身。两个人的时候，好好相爱。

结婚后，呵护好自己的内心和家人。受伤时，安静下来，疗愈自己；快乐时，与人分享，共同喜悦。

我们一起去过一种寻常的人生，拥有平静的心态，偶尔忘记自己的特别，把普通的生活过好，就已舒坦、可贵。

人生是一场漫长的等待

转眼到了不敢再爱的年纪，或者谈爱羞耻的年纪。又不想匆匆把自己嫁了，等待有缘且合适的人出现，仿佛也遥遥无期。等啊，等啊，然后陷入一种悲观。有些人是等不来的，该怎样面对一个人等待时的漫漫黑夜与孤独？此外，婚姻生活中，你会有孤独吗，也会有漫长的等待吗？

◇◇◇

谁能学会等待，谁就能赢得人生。等待发生在不同的生命阶段，都有故事，都有意义。

最近上文学课，继续给书友们分享小说《霍乱时期的爱情》，几乎每年都要分享一次。时间真是奇妙的东西，它几乎能衡量一切，更能赋予平常之物意外的魅力。

普通人等待一个女人，等三五个月很常见，毕竟这期间再遇见新人的概率小，等三五年是痴情，等十三年十五年形象开始高大。这本书的男主角阿里萨等了五十三年七个月零十一天，这段爱情至此成了传奇，也是我读过的最离奇的爱情故事。

这本小说所描述的爱情成为文学史上经典中的经典，关于等待，关于真爱，关于意义，关于生命和价值，引发了大量的讨论。

有人相信这段爱情的真实存在，有人不信，毕竟爱情无法成为生活的全部，任何人也没有耐心等那么久，也不会那么疯狂。

这本小说的读者分成了两派：一派认为欲望吞噬了爱情，阿里萨真的是一个可怜的人，从未得到东西，也无从放弃；另一派却坚定地认为，阿里萨伟大又特别，因为他身上保持着少年的纯粹，爱得真切。

不管他是占有欲占据上风，还是骨子里的浪漫主义，他的所作所为都值得赞美，因为我们做不到。大部分的爱情，如果没有一见倾心，那就是日久生情，普通到无法分析，无故事可分享。

再看身边的父亲母亲、祖辈们，都举起牌子，来到公园的角落，明码标价了我们的身价和期待，赤裸裸的欲望告诉那些来来往往的人：我值这些，你配拥有我吗？大家只须看一眼牌子，便从心里对号入座。

值得不值得，匹配不匹配，又岂能是一块牌子上标明拥有的物质可以说得清楚的？

想见的人不用约定，一定会以自己的方式来重逢。

我很少劝说等待爱情的人"慢慢来，学会等待"。真正懂得等待的人，一定认为这是废话。不懂等待的人，一直在试错，在持续没有遇见对的人的过程中，受伤且疲惫，开始怀疑等待的意义。为此，我一个好友明媚还报了许多爱情课，约了许多的爱情心理咨询师为她解决爱情的难题。我看着她，从二十岁"诊治"到了四十多岁，二十多年过去了，那个对的人遥遥无期，她的耐心像一支蜡烛，几乎燃到了根。

再次失恋后，明媚问我："我对爱情这么投入，每次都遍体鳞伤，你觉得问题出在了哪里？"

天哪！她的目光终于投向了最了解这件事来龙去脉以及症结的人。但每次我都不敢带着旁观者清的优越感跟她交流，怕伤害到她。

明媚男人缘很好，身边一直围绕着许多优秀的男性。每次见面，我都觉得她身边的男孩格外真诚、出色，跟她打趣，她回答："都是好兄弟，而我还单身。"

我都恨铁不成钢。若换成我，会从身边的男人开始筛选，这群"小可爱"才是目标群体，了解你，支持你，喜欢与你聊天，最重要的是，也有缘分。

此生带着极深缘分的人，才会遇见，如果缘分够深，还会一见再见。即使当面没有约定，也会如同有了特殊的情谊和约定。念念不忘，必有回响。

但是，我环顾一周，发现身边的人各有所长且都无法满足明媚的条件——能满足她要求的都是渣男，老实人很难忍心去

"骗"你。

明媚又来问我："可以一辈子只恋爱不结婚吗？"

我认真地分析："当然可以。但你不一定能忍受寂寞。你都谈了几十场恋爱了，往后可能还有几十场恋爱等着你去谈，费时耗力。"

等待不到爱情，还要等待吗？

很多人都误会了等待的方式，把更多的时间用在了挑选上，认为好的男人是挑出来的。这个动作，不是等待的意义。等，是一种遇见，怀有一种浪漫与纯真；挑，带着功利性，有一种自我和阻拦。好的爱情——包括婚姻——需要纯粹，绝对的利益化会让它变质。随着时间的流逝，我们都会怕，动作越紧迫，挑选越用力。

等的过程，是给自己一段时间，来修正自己。自己的状态不好时，很难吸引到好的能量，好的人。

人生本来就是孤独的旅程，不管结婚还是未婚，都会有孤独。结婚前，你要等那个对的人，结婚后，要等对的理解。各有各自的不易。婚姻里的等待更为复杂，多半是等待彼此一起成熟，理解彼此。

我在看李停的《在小山和小山之间》，里面有个角色让我感同身受，不是那个怀孕后越来越瘦、身在异国他乡的女儿，而是喜欢掌控一切的母亲。

母亲听闻远在东京的女儿怀孕，不顾一切地要跑过去照顾她，却发现，在日本待久了的女儿和自己有些生疏。虽然是自己生养的女儿，但由于观念的冲突，她们有了不同的矛盾，不同的孤独——母亲其实失去过一个儿子，她太想掌控女儿的一切，陷入了一种想主动又不得不被动的状态。女儿想安抚母亲的脆弱，每次又因为各种障碍，不得不放弃。

母女二人都在等待和解，但生活无法和解。

阿兰·德波顿写道：

我们都要拥有敢于脆弱的勇气，承认自身的破碎、伤痛和不足，是一件非常浪漫的事情。

等待，就是一件非常浪漫的事情。前提是，我们必须认识到自己的脆弱、破碎，且能拿出来较长的一段时间来进德修业。

人生本来就是一场漫长的等待，等自己长大，等爱人前来，等孩子出生，等我们一起老去，等棱角被磨平，等死亡带走所有的回忆与承重。

爱情需要断舍离

我和前任已经分开一年多，但我还是会想起他。我是属于焦虑型依恋人格，对感情会忽冷忽热，当时分手的理由是他受不了我的性格，他先提出的分手。

父母开始催婚，但除了前男友，目前这个阶段我好像很难接受别人，父母不理解我，为此我们经常吵架。我很难过，我的生活为何没有诗和远方，为何要这么糟糕？除此，我还有个困境是，最近刚失业。双重困境下，我要不要去找前男友呢？

◇◇◇

每一个认真爱过的女孩，都会在忘记前男友这件事上停留片刻或一段时间。我们以为自己难以忘记的人，是因为并没有真正得到他，离别后，我们不断美化这个印象，直到他变得模糊。多半爱的其实是自我想象中的一个虚拟体，但自己难以察觉。

不管是否还爱着，去见前男友不是一件容易的事情，反而要谨慎。不是不可以再见面，而是要想好自己的角色，想要达成的结果——是要去达成和解，再次相爱？还是要认真告别，永不相见？人生不是电影，充满各种偶遇、和解。真实的生活永远是后会无期，最为妥当。

我其实特别害怕再与从前的人见面，包括之前的同学、同事、老朋友。应该带着怎样的心情去见他们？每次要心理建设许久，有些人真的是见面不如怀念，怀念不如忘却。过去的事情很容易在我内心模糊，所以自己经常会自我怀疑——自己真的走过那样的路吗？真的爱过那样的人吗？

我反而不会担忧去见初次见面的陌生人，因为你和他们不过一面之缘的人。你们见面寒暄、交谈，如果有缘，还可以约定下次再见，如果无缘，可以像一滴水那般，迅速落入大海中，彼此朝着自己的方向奔去，不用担心日后的交集。

当一个人为以下问题困扰时——要不要继续一段感情，要不要留下一件衣服，要不要在岗位上继续做下去……一定要去追问内心。这些问题，表面上考验的是选择能力，深层次来说考验的是个人的智慧——你对生活的理解以及热爱的生活方式，你期待的人际关系，你所需求的朋友，以及你想携手共度一生的人。

可能你会说，我还没有那么清醒，我只是觉得失去了好难过。其实，大家都会有这样的状态，得不到会心痛，但得到了未必会珍惜。任何人，任何事，皆是如此。

高质量的生活一定是挑选出来的，高质量的关系也是如此。挑选的动作，特别珍贵，验证了自我是谁。一个擅长为生活做减法的人，其实是大智慧者，也是一个勤劳且优秀的挑选者。

我很擅长为生活做加法，不太擅长做减法。做加法的时候，因为人人都习惯去拥有，去达成愿望。做减法的时候，我会过于冲动，会不小心丢掉所有的东西，直接减到零，减到自己逃避、放手。

所以，我在认真地学着做减法，小心地拿掉自己不需要的东西，留下令我怦然心动的人与事。在这个过程中，考验的其实是一个人的智慧、规划，以及对自己的认识。

有时候，好怀念过去的一个人，一条街，一种美食，也会带着期待去一次次抵达。终于到了那个城市，终于见到了那个人，终于品尝到了那种美食，而它们都带着自己的故事，早已不再是我记忆里的模样。

去年冬日，怀念2016年经常出差的城市——泉州，特意前往那个城市的老街旅行，去品姜母鸭，再次来到开元寺，看到弘一法师书写的"悲欣交集"，内心依然有暖流，却也浮出"物是人非"的感觉。

每个人对万事万物的理解，都是由自己的成长有感而发，当下的心境，代表了此时的一种生活状态，与昨日，与明日，截然不同。

2016年，那些围绕在我身边的意林的讲师，我们那么快乐，穿梭在雨中、校园中的意气风发，我怀念的是当时自己的那种无畏、无限的青春气息。

而此刻，7年后的我，千疮百孔，世事浮杂，都在眼前若隐若现。灵魂随时间经历了太多，它也在重压之下垂下了身躯。

　　所以，与其纠结不确定的前男友，你不如想想明日想做什么样的工作，应该如何找到喜欢的工作，你喜欢的生活方式又是怎样的。

　　女人，先谋生后谋爱，单身的时候是最好的增值期，要更好地丰富自己，生长自己。做好准备，时刻出发，时刻奔跑，时刻丢掉一切，不被任何事物影响。

　　一个感性的女孩，情感丰富，内心柔软，边界感其实是模糊的，在情感中，进也可以退也可以，可以去见一个人，不见也能接受，一份工作可以去做也可以不做。每当遇见这样的模糊时刻，请逼迫自己学会选择，学会断舍离。

　　要学会对自己狠一些，再狠一些，要求高一点，再高一点。这个过程，你会寻觅到自我独有的魅力。

　　每一天，聚集在我们周围的讯息有价值的太少，大多是散乱且无意义的。

　　重要的东西，你会一眼看见，一眼千年。

　　我在努力做自己的自媒体视频，每天都要写脚本，拍来拍去，最大的收获是：太多人都想来教你如何拍视频、做自媒体，但许多事情终究是教不会的，要靠自己摸索啊！摸索，找到自己的路，形成一种风格。风格永恒。

我越来越意识到，所有的得到，都是在失去中逐渐理清了自己与他人的关系。拭去尘埃，那些本应该属于自己的，清晰且明亮，它就是答案。

不要为过去的一切伤感，让心灵自由的唯一方式，是先让自己坦然。

不要被关系所困扰，任何令你不自在的关系，一定有你无法认同的生活观。

无须委屈自己去成全一段爱情。爱情，不能有牺牲感，不能委曲求全，更不能一个人说了算。

我们都在寻找自己的路上

　　告诉你一个好消息，我真的好幸运，爱上了一个从美国留学回来的男孩，他也很爱我。虽然我们是姐弟恋，相差四五岁，但相处没问题。最大的痛点在于，他的妈妈没有那么适应我的存在，总在阻挠我们的相见相爱。

　　这段爱情让我充满了期待，但它的不稳定性、不确定性，也让我很忧愁。我只能先爱为敬，把忧愁抛在一边。但这样做的同时，内心也会失落。我真的不配拥有可以结婚的爱情吗？

◇◇◇

　　你这么好，值得这么美好的遇见，也值得任何美好的爱情。

　　看到你开心，我内心也欢喜至极。遇见喜欢的人，被人喜欢着，两情相悦，真好，值得祝贺。

　　其实我们身边很多优秀的小姐姐，她们都在姐弟恋，都很甜蜜。聚餐的时候，给我眉飞色舞地分享着她们的爱情故事，弟弟的包容、坦然与真诚，那种幸福感溢出来的感觉，旁观的我也喝到了蜜。

不可否认，女性越来越优秀了，年龄早已无法再困扰住我们，选择变多，自由也在变多。

我今天想聊的不仅是姐弟恋，而是身边有许多跨年龄阶层的爱情或婚姻，给了我许多思考和学习的空间。是他们重新让我认识到真正的爱和幸福，与年龄无关，与是否能够结婚也无关。

我现在高铁上，刚刚采访一对杭州的创业者，他们在那座城市拥有一家童书图书馆。两个人是大学校友，都喜欢办黑板报。出于共同的爱好，两个人走到了一起。

女孩在深爱男孩的过程中，曾困惑重重，最终，她放弃北京的生活与工作，来到男孩的老家杭州。

整个爱情的过程，有几次擦肩而过。"只差一点点，我们就错过彼此了。"她说，"但那种不确定性，现在想来其实是在考验我，试探他，到底是不是真的爱着对方，愿意为这段感情牺牲。"

仔细想来，我采访过许多恋人，最令我羡慕的那对恋人，应该是上海一座美术馆馆长和她先生。他年长她二十几岁，他们很相爱，且爱得很纯粹。她做过记者，也出版过书，我认识她就是缘于一次为她新书做主持的过程。

她分享，自己很多的时间在上海工作，而先生更多时间属于北京，彼此事业心很重，见一面很奢侈。她很珍惜每一次可以见面的机会，见面前会去选特别的衣服，会去化精致的妆容，宛如第一次见面那么隆重。先生有一个与前妻生育的女儿，仅仅比她小了三岁，她每次都会为继女带礼物，两个人打成一团，成了特别"铁"的朋友。

她刚和先生订婚时，家人是极力反对的。问题汇总如下：年龄相差太多，会不安稳，会有许多隔阂，后妈不好做，前妻问题多，财产分割不均匀……诸多现实，并没有吓倒她。

她还是坚定地选择与他在一起。所有的亲戚朋友中间，母亲最不甘心，每天泪眼婆娑，仿佛女儿是被骗走的。在母亲的百般阻挠下，他们只拿了结婚证去欧洲婚旅，并没有举行传统意义上的婚礼。

婚后，两个人相处得融洽、自然。该孤独的时候孤独，该相处的时候相处。

我采访她，问："幸福的感觉是怎样的？"

她说："是一种放松的平静感。"

我问她："生活最大的改变是什么？"

她说："应该是身边的亲戚现在都很羡慕她，请她帮忙找类似的男朋友。"

我们大笑。突然之间，豁然开朗。秋夜已至，秋雨沙沙作响。

合拍的爱人，与年龄无关，与学历、阅历无关。反而与适合我们的生活方式紧密相关，与内心想要的生活关联度最大。先自洽，后融和；先自我圆满，再与他相爱。

这是一个爱与工作都很难确定的时代，我们都在寻找自己的路上。

想做什么样的人，想成什么样的事。奔波，寻找，确定，否定，再次肯定，出发，每一个意念的改动都会牵扯到生活本身。你不得不放松下来。

有时遇见了很好很好的人，却发现条件不允许结婚。有时你备好了一切，却发现那个人迟迟未到。难以两全。

比如，我的化妆师小A，中文名苹果，父亲母亲离婚后，父亲再娶，自此再无联络。

母亲从小抚养他们兄妹三人，她是老大，还有一个漂亮的妹妹，努力的弟弟。从十六岁开始，她来到上海学习化妆，到今日三十岁，悄然蜕变成了另一个人。

她是极其重情义的人，在上海打拼时，不仅赚钱养活自己，还要照顾妹妹与弟弟。无论是商业变现，还是现实生活，她的思路无不清晰、明确。

她从去年开始，就已下定决心不结婚，也不买房，她悄悄把买房和结婚这两件事从生命中画掉，浑身轻松。

她笑道："上一次恋爱，太想结婚，要求突然增多，歇斯底里，吓跑了前男友。"

这次恋爱就轻松了，她不执着于一个结果，只在乎当下。

先爱自己，再爱别人。先把眼前的一刻活好，明天自然有结果。

我喜欢圆满的爱情故事，有结果的情爱故事，角色简单，经历简单，让人温暖。但我也喜欢这种在爱情中一直保持清醒且愿意等待缘分成熟的人。因为这个善变的时代，多了许多不确定性，少了安稳。

所以，不必着急，你内心的期待都会如愿的。先试着放下自己，与命运和解。具体的方式是：先感谢生命里的所有遇见，以珍惜的心想一遍；再把愿望写下来，把它放在角落里，告诉自己愿望和结果不重要了，它们会在某个时刻实现。这样内心会轻松许多，你对他，对他母亲的判断，都会有所改变。

关于他母亲的阻挠，我没有用太多笔墨来回答。爱情是两个人的事情，一旦你们解决好，外力真的没有那么重要，她的力量并没有那么大。

去年，我去京都旅行，看到有人在寺庙周围拥抱很粗的树木，姿态极其虔诚、认真，我也从中得到了启示，去拥抱那棵最粗的树木。拥抱的一刻，好想流泪，从未想过树木、植物，会带给自己这般感动。或许前世，或许来生，我也是一棵树，随风沙沙作响，沉默、有力。我要成为像树一般的人，安静、不争，与自然融合，与天地交流。

纵使世界变化多端，人心难以揣测，你看，植物还在缓慢生长，茂密且自由。

想到这里，非常感谢生命里所有确定的美好，但也原谅了所有的不确定、不稳定。

　　人生就是种种体验，种种经历。

　　一次次投入，一点点收获。远行、跋涉、投入、注满，再回归、收回、徜徉、放空。这个过程，我们都会完成自己想要的生命感动。

　　爱比爱情重要。爱情是两个人的动作，要有互动，才有情谊。爱就显得孤独了许多，它是一个人可以完成的探索。爱的时候，是为了求得圆满，是为了找到自我，是为了一种生命的体验。但回归到自我时，爱的弧线才有了自在。

　　爱，一定会发生在两个都愿意相信它的人之间，也会持久在两个都愿意坚持的人之间。

　　爱，无法一蹴而就，但能在长流细水里，缓缓流淌，滋生所有的情谊。

爱的名字是不要紧

失业后，担心、害怕、多梦、焦虑围绕着我，这几天的情绪特别波动。我真的是无意间伤到了我的爸爸，对他大声喊叫。成长的过程中，他总在打击我。我与他的交流一直不多，甚至有些害怕和他站在一起，莫名紧张。

三十岁后，我们的关系才稍稍缓和。就在昨日，我们的感情又进入冰冷期，他认为我不该回到老家，这边工作和结婚的机会更少。可在城市里漂泊的我太孤独了，想念家乡。我要不要回去生活，还是继续待在原地？

◇◇◇

收到你的来信，我正在带我的父母去旅行的路上。我们要先带爸爸去云南看病，再去张掖——爸爸当兵的地方——走一走，去拜访一个亲戚，著名的书法家王训端先生。

再往下，我想带着他们去更多地方，一路行走，一路交流。当下有种时尚的生活方式，叫"旅居在路上"，也有一种旅行方式是"特种兵旅行"，显然，我们都不是。我带着他们四处走走，是期待可以多陪同他们一些时间。

父母老了，尤其是最近两年父亲生了癌症后，我能明确地察觉到他的记忆力、行动力都在下降。我辞职后，第一件事就是带父母去旅行，内心有一个声音一直在对我说："有些事情再不去做，以后就来不及了。"

年轻的时候我不懂如何与父母交流，也没办法读懂父爱如山。前年，父亲住院，我站在手术室的门外，站着等了七个小时，艰难的一段时间。医生一遍遍命令我坐到座椅上，因为所有人都在座椅上坐着，等。

我太紧张了，坐下来难以心安，只能站着，任凭手术室的门每次开关时打在我身上，不觉得疼。

紧张、恐惧、不安，各种情绪交织。想流泪，由于过于紧张，眼泪落不下来。心里一遍遍祈祷，在等待中，念念有词。周围空洞得可怕，安静得厉害。

七个多小时后，爸爸被医用推车推了出来。我已分不清现实与梦境，觉得如在梦魇般惶恐不安。

他费劲地睁开眼，对我说的第一句话是："不要紧。不太疼。不必担心。"

这句话，让我想起杨绛的书《我们仨》。她写道：

> 我说"不要紧"，他真的就放心了，因为他很相信我说

的"不要紧"。

小时候因为贪玩，忘记姨妈的警告，还是在下大雨刮大风的那个下午跑到河边玩。在狂风暴雨中，先是丢掉了鞋子，后险些丢了性命——掉到河里。姨妈从家里的果园赶来，一口气跳到河水里立刻抱着我，艰难地游到岸边。她看着哆嗦的我说："不要紧，看我把你拉上来了，别哭了，不用怕！"

长大后因为贪爱，忘记姨妈的告诫，丢掉学习和工作也要前往异乡死命爱一个人，结局很惨。感觉全世界都要抛弃我了，狼狈的我只好一个人跑到姨妈的老院子里，抱着她痛哭。

她摸着我的头，说："不要紧。"

此时此刻，姨妈已去世多年，她离开时，我并没有送她或见她最后一面。我必须承认，自己的懦弱超过自己的想象，我觉得自己已足够强大，却依然没有勇气面对亲人的离开。

姨妈，多年过去，我依然很想你。很想知道，离开我后，你还记得我的乳名和我们一起生活过的苹果园吗？

现在的我，依然会被困在困境里，有时候，内心忧伤得像下雨的夏天。再也没有人会像姨妈那般，挥着手对我说"不要紧，往前走""不要紧，还有我"。

在这个快节奏的城市，春天秋天，最美丽的季节来去都很快，炎热很漫长，冬天也不下很厚的雪。我有时乘风破浪，有时狼狈不堪，有时欲望满满，有时顺流而下。即使有人对我说"不要紧"，我也无法做到全然信任，但我知道，最好的爱，其实藏在一句"不要紧"里。请好好珍惜那个对你说"不要紧"的人，也努力成为那个可以对所爱的人，说"不要紧"的人。

只顾说我自己的故事，还是要回归到你的问题上。现在的年轻人真的好孤独，最孤独的姿态应该是，城市待不下去，家乡回不去。同时又以为回到老家，回到亲切的地方，就可以舒缓情绪，让负重感消失一会儿。但真正回去，会发现原有的压力一直都在，它悄然换了一种方式，逼迫着你交出"问卷的答案"。

城市好像只喜欢年轻人，活力、热烈、奔放，有许多想法、新鲜的东西可以贡献。觉得人到了一定的岁月，想法和行动都会被固定，被经验固定，被不满固定，被不愿冒险固定。但人身上最可贵的其实是"成长性"。不论处于人生的哪个阶段，只要身上有成长性，就可以轻松面对各种可能与多变。

我不知道你对随遇而安的理解。有时候，我们的确是太过于想要，急切、冲动地做了许多夸张的动作，违背了自然而然，所以会有落差感。

现在的自己越来越相信命运的存在。我们都是按图索骥的人，在偌大的玻璃房间、安排好的路上，一步一个脚印前行。日本电影《小森林》中的女孩回归家乡，找到了治愈自己的生活方式。但我们身边，更多的人还是选择留在北上广，留在东京、纽约，留在他们熟悉的社交文化中，寻找自己的"小森林"。

这个社会早已不再是熟人社交的社会，而是被打开的，多元的，陌生人社交的社会。自此，多了流动性，也多了不安稳、不确定。我们无力且无法对抗不安稳，只能重新打造自己，迎着风往前走，去适应多种改变——商业的改变，现实的改变，多元的改变。

父亲坚持拒绝你回去，他有自己的顾虑，可能他的担忧是对的，但你有你的苦衷。回到家乡并不是唯一的后路，也并非最佳的选择，那只能是一时的精神的避难所，乌托邦式的想象都无法长久。

想法是用来交流的，不是用来强硬地判断谁对谁错，尤其是亲人之间。当你放下一切时，以不占有的心往前走去，天和地都是你的，格外宽广。试着不去做出判断，但开始用心观察生活，做好眼前的事情，答案很快自来。

结束一条路的办法是走完它

　　许久没给你写信，我在经历一件非常糟糕的事情，我离婚了。离婚的压力是巨大的，除了别人的轻视，还有自己对生活习惯的摆脱。最近晚上我常常失眠，不敢相信离婚这件事居然会发生在我身上。我的家人都是很传统的人，他们都无法接受这件事。尤其是父亲，逼着我去和解、复婚。我真的尽力了，我要怎么做？

◇◇◇

　　离婚后要做的事，我想应该是原谅自己，放过自己吧。不要追着别人不放，也不要让自己压力太大，安静地待一段时间，舒缓一下情绪，最重要。要明白，当时的拥抱是对的，现在的分开也是对的，生命中到了什么时候去做什么事情都是命中注定，早已安排好的。

　　很多人离婚后，尤其是被离婚的那个无辜的人，喜欢沉浸在悲伤的情绪中，一遍遍思考究竟自己哪里不够好，真的过于内耗。

　　看邱天在新书里写自己离婚的那段经历：三十岁那年，先生背叛了她，告诉她自己已经有了其他女人，还有了一个男孩。她与先生办理完离婚手续走下楼来，不可免俗地抱着他，哭了。她确定自己还是很爱他，但他却对自己很客气。

然后，她和他去办理房产分割手续。北京冬日的阳光洒照在她身上，一种惨淡的温暖环绕着她，她看到，自己的眼前有一条黑暗且孤独的路。

那个时候，在那个路口，她以为等待自己的是一场无期徒刑。

三年后，她一不小心活成了"剩女"再嫁的励志故事，重新遇见"内心有光"的男人，生育了一个让她觉得自己何德何能配有这样的幸福的女儿。

三年前，没人告诉她，她会拥有这些。所以这三年内，她挥霍过感情，轻慢过世界，怀疑过人生，丧失过信念。但是，她凭借着对世界的好奇、景仰、不甘心，以及对爱情气若游丝的理想，最终站了起来，等到了合适的男人，居然是多年未见的北大校友。

多年后，她才意识到当年那场婚姻的失败，对当时的她来说是最好的事。

我们看不到未来，但要尽量站在未来的角度，宽慰现在的自己。

分手、离异、守候、等待的时候，每个人都站在黑暗且孤独的路口，如有一位作家所写："结束一条道路的唯一办法，就是慢慢走完它。"

谁都无法保证第一段婚姻、第一次选择就是正确的，甚至谁也无法保证第二次选择、第三次选择也一定正确。虽然生活是将错就错，但你终究有无法接受的时候，不如放下，放过自己吧!

我建议你可以写一写你和他的故事，那些细枝末节的事情，比如一百件你们之间的小事，借此记住美好，度过漫长的孤独，告诉自己不必生恨，理解无常的人生中聚散终有时。

美剧《傲骨贤妻》里艾丽西亚说：

局面不会变得更容易，但你确实会变得更擅长应对它。

没有什么是确定的，没有什么是容易的，当然，也不存在理所当然的事情。一路走来，哪个女孩不是从小仙女逐步落地而成熟? 读书、学习这两件事，能让我们对自己的认识更深刻，更懂得需要什么，以及不喜欢什么。

离婚之后的修复，其实是一段独特的增值期。

我身边就有特别优秀的女孩，是在离婚后逆风翻盘，逆流而上。

郁郁父亲去世那一年，她遭受闺密和先生的背叛后，选择了离婚，开始创业。现在的她，特别有力量，也获得了绝对的商业成功。我每次情绪低迷时都会翻看她的朋友圈，来赋予自己新的能量。

作者羊羊，离婚后独自一人抚养女儿，把她情感的经历绘制成了绘本，被出版上市。我特别佩服她，每次在上海的线下活动见到她带着可爱且超级美丽的女儿时，我都想亲她女儿一口。女儿被培养得特别好。

我说："你妈妈超厉害，你知道不知道？"

她懂事地回答："我知道。她很爱我，我更爱她。"

关于再婚的女性励志故事太多。不妨把三十岁，当成重新整合生命的黄金时刻。

心理学研究表明，女性有两个重要的年龄阶段：一个是十六岁，青春期刚开始，女性的好奇心特别重，面对许多新鲜的事物总想去尝试、挑战，体验与危险同在；第二个年龄段是三十岁，经历了很多人、许多事，有过恋爱甚至结过婚，生活正在逐渐定型时，她对生活不够满意，自然会怀疑所拥有的一切，想打开新的局面去寻找另一种生活的可能性。

要心理暗示自己：痛苦，是命运赐予我的礼物。有时是痛苦在前面，礼物在后面；有时是礼物在前面，痛苦在后面。这一次，显而易见，你先品尝悲伤，再体会收获。

早顺和晚顺，都会顺利。早遇波折和晚遇波折，都会平息。

婚姻是两个人的共同选择，不是一个人的坚持。婚姻、恋爱、单身，其实是三件事，不同的状态，不同的相处，不同的人生哲学。

这三件事唯一可以交叉的点是：孤独。不管你身处哪一种状态，你都会发现，无人可以让你绝对的快乐，人们一直按照自己的方式去生活，包括你自己。我们还是要在孤独中撑起自己的世界。

时间不早不晚，刚刚好遇见了一个人，又刚刚好爱上他，又不幸地被分离。

我想不到恰到好处的故事来让你开心。期待你走好风雨之路，不可盲目伤害自己，多想想初心，期待和心愿，愿这些温暖的词语，会把你从极度的冰冷和绝望中拔出来。

离婚并非冲动的结果，虽然是绝对的打击，但更多的是考验，也是生命的礼物。

离婚本身，不是悬崖峭壁，不是五雷轰顶，而是温柔的细雨，淋淋洒洒，清洗好我们的身体，洗涤好我们的灵魂，让我们重新再出发。

第三章

不苟责的生活美学

在夏日的黄昏，我躺在沙漠的角落，想象我
糟糕的经历与委屈的情绪，它们汇成了河流，像
水一样被夕阳带走，被沙漠吸收。

过好日常的每一刻

我给你打完电话，心情已经释然了。期待我的故事不会让你难过。东京已经天黑，但你那里还是黄昏，想起你说黄昏时你的写作灵感会最好，千万不要打扰到你的心情，愿你一切都好。近期我想回北京一趟，秋天的北京很美，你也应该深有体会，但这种美转瞬即逝，令人伤感。看不到美的生活，就是一种绝望。深不见底的黑暗，容易触礁。所以，你是如何理解美的事物的？你的生活中有美的存在吗？

◇◇◇

我的生活中一直涌动着美，我的期待，就是要去过一种美且浪漫的生活。

我理解中的美，就是过好日常的每一刻。

生活不在于你拥有多少，而在于自己珍惜多少，自己愿意付出多少来好好爱那个值得爱的人，来好好爱当下的人生。美在细节，在生动，也在日常间不经意流逝。

此刻，秋日的阳光正暖，行人行色匆匆。

我刚送走一位在上海多年的老友。仿佛有一个时光隧道，回到六年前，看到了我在北京工作的时候，也是习惯性地为他人送行。对，我不喜欢热情的迎接，我喜欢送行，每一个在我生命中离开的人，每次见面后要告别的人，我都要送到不能再送的程度。

送完友人，走在人群中，我看到一张张冷漠的脸。原来不管你的人生做了怎样的选择，转了怎样的弯，都丝毫不会影响他人的运转。

个体永远是孤独的，人群也只是表面的喧闹，每个人都要回到自己的深夜里、自己的孤寂中，暗自孤独，力求安静下来，才是常态。

前段时间，我患上了当下流行的"周日傍晚伤心综合征"，一想到第二天就要去上班，内心便无比伤感，一是不想去面对书画社空降主管新官上任三把火的威力，二是想写的故事一直在酝酿，现已成熟，等待我写下来。于是，我辞职了。

辞职后，我的"病症"减轻了不少，至少往后的时光没有失眠，没有浮想翩翩。我越来越深刻地认识到爱情、工作，包括婚姻，都不是生活的全部，它们并非缺一不可的存在。少了爱情，可以投身工作，没有工作，可以投身自我建设。一个时间点能有一个聚焦点，就已实属难得。世间所有美好的事物，都无法两全。

你想让我聊聊工作，问我，怎样看待生活和工作的关系？或者，怎样才可以把工作和生活分开？

工作的时候工作，生活的时候尽情享受生活，活在当下，不被焦虑侵染，能独善其身，就很好。

工作和生活绝非浑然一体，但也挺难分开的。没有所谓的生活的平衡美学，工作的选择和艰辛，对男人和女人都说，都是挑战。对我们这群感性大于理性的家伙，边界感没有那么强，更难明确地区分工作和生活的边界。我也因工作和生活边界感不明而深受其害，每次只要投身工作，便会忘记生活本身。

从工作到现在，我的工作和生活俨然一体，严丝合缝。看书、写作、采访、主持，讲课、排版、画画……我做过好多工作，每份工作都有相似的地方，那就是它们都紧紧连接着美，连接着图书，连接着人的精神与向内的探索。

我对工作的要求并不高，只要它能让自己和读书或艺术任何一样在一起，我都会不顾一切地走下去。自然，当一份工作让我感受到不再有目标或美的诱惑，我便会离开。这其中看似随性，却也多了几分辛苦。

任性的背后，都是辛苦。

不管做哪一份工作，我都是全力以赴的状态，我像个尽善尽美的完美主义者，很少存在那种"差不多得了"的标准。这导致自己经常陷入一种他人理解不了的孤独中——我也无法将自己的标准强加给他人。

你问我："为何不向往安稳的工作？"

安稳的事物几乎不存在。在选择的过程中，我们渐渐发现，不仅是周遭的一切在改变，其实自己改变得更多。但也要感谢这种改变，让我们随时可以转变一种生活方式。我们身上流淌着农业社会文明的血脉，父辈的日出而作日入而息大多源自农业文明的认知，这是我们这代人期待安稳的根源。现在是后工业文明时代，工作的形态在变化，赚钱的方式在改变，安稳都太奢侈。

你还这么年轻，应该活在丰富的可能性中，然后从中去无比确定一个想要的生活方式。那个时候，你会无比满足，也会感谢曾经的不甘。

三十五岁后，对"安稳"这两个字，我还没有二十几岁时执着，更后悔二十几岁时，没有勇敢去尝试更多。现在每次遇见转弯的路，我潜意识里会说："试一试吧，大不了失败，那又怎样，比没有经历要强。"

这个想法几乎占领了我的心智，指引着我前进。

朋友们都说我勇敢，扪心自问，我也是个胆小鬼，也怕没有结果，也怕最终失败。我身后空无一人，但还是要冒险去一步步实施，去山顶看一看。我要成为自己的那座山。

我只顾着往前走，会把所有路过的人和事物，想象成风景。

我的智慧肯定比从前更多，生命的支点在增多，需要心力去处理的事情也在变多，我的心情并不比从前轻松，人生也并不全是从容，但我在这如风如雨的旅程中，真的很少再担心丢失任何一样东西。

我在认真地学日语，笨拙、缓慢地前行着。学习一门语言，就像认识一个陌生的朋友。真的很难有决心像现在这般定下来，去全身心地认识一个朋友。一想到，未来某一天我可以只看你寄给我的日语书，欣赏谷川俊太郎、石川啄木、河井醉茗的诗歌，读懂村上春树的文字以及上村松园的艺术评论，内心不免有了新的方向和定力。

你问我："对生活是否有失望的时候？怎样走过绝望？"

时常有。但基本都会一笑而过，有时笑不出来，我也会哭，但我绝不允许自己哭太久。我允许自己傻，也不允许在阳光下傻站太久，损耗太长时间。人要和美的一切在一起，包括朋友，我也会更看重那些能让我感受美与小确幸的人与物，远远地观望。

所谓的生活的品质，生命的质量，其实就是无限去靠近与体会美的事物。

美是最高级的表达、展示，但美不是空中楼阁。它需要踏实的付出、积累以及汗水。美的基础是劳动之后，那些有序的，有想象张力的，有生命的一部分。

这一部分的背后所隐藏的是全然的投入，包括痛苦、重复、糟糕、沉重。达·芬奇学画之初，只画最简单的鸡蛋，莫奈常年蹲在博物馆中画雕塑，这其中锻炼的不仅仅是从朴素且单一的事物中寻找美，更在锻炼人在耐力中的坚守，在疲惫之后能否依然感受到美的敏锐。

匆忙、慌乱、焦虑、内卷等等无序的行为背后，生活依然在展现一种有序的美。要慢下来，再慢一些，不怕别人夺走自己一切的那种慢。这种慢，带着一种骄傲、自信，带着一种清醒和与众不同。我喜欢这样的人，也喜欢这样的生活。

不要难过，都会好起来的。

人和人之间，人和一样东西，都是靠着缘分连接在一起。我们有一天也会走散吧？我、朋友，拥有的时候就做好了失去的准备，我是不是有些太悲观？所以我珍惜与你的每一封通信，每一次交流，我不知道这段友情的终点，交谈的终点。但没关系，此时此刻的焦点，就是给你写信，焦点最重要，被治愈最重要。

北京的秋天短暂且美丽，如果有可能，替我去看看香山的枫叶、钓鱼台的银杏树吧，在冬天来临之前。

请允许一切发生

年长的朋友打来电话求助我，说她在公司深耕了二十三年，被裁员，万般无奈。我作为一个年轻人，也很担心自己被裁员。有时，老板或HR喊我的名字，我都会紧张。内卷的时刻，我躺不平，也卷不起来。你说自己是"卷王之王"，可你如果是我，会选择躺平吗？

◇◇◇

飞机上读了你的来信，我既然被称为"卷王之王"，自然是无法躺平的。

飞机落地时，逐渐靠近灯火，内心生出温暖。路，在延伸，马上就要落地的安全感，在面前缓缓打开。

裁员，是寻常的话题。其实公司在发展的过程中，会存在一个淘汰的机制，每个打工人都要做好准备，防患于未然。

所以，一直有一个高赞的帖子，让大家热烈地讨论着——是打工更有安全感，还是创业更有安全感？打工，随时都要面临被替换；创业，仿佛有着更多的选择权，但也存在风险。

朋友Linda，在地产行业做到了企业高管，活得英姿飒爽，去年年底也被裁员。

我去看望她，本以为她会哀声不断。

她说："对不起，没时间抱怨，我正在翻看通讯录，想看看有没有更好的合作机会。"

她认真地看向我："你有合适的工作机会，也记得推荐我。我很努力，也很值钱。"

她说："把眼泪偷偷咽下，嘴巴闭上，脚步迈开，思想辽阔，就能走更远。"

这一幕一直存留在我心里。后来她创业做香薰，做展览，做艺术，活得越来越绽放、热烈，我羡慕且想成为她那样的女人。

工作是立身之本，我一直把工作看得格外重要。

我钦佩一辈子一直做一份工作的人，但自己注定无法成为这样的人。以后的时代，会很难出现一成不变的工作。变化会与机遇并存，有辛苦，注定也有艰难。想一直做一份稳定的工作，是奢侈的想法，也是不安全的想法。

我的工作经历，仔细想来，也走了好多个步骤。

之前在北京意林时，以为自己会一直在那份工作中耕耘下去。可自己还是换了城市，来到上海。上海慈怀那份新媒体的工作，我工作了五年，真的很喜欢，跟年轻人一起工作，充满了激情与期待，误以为应该不会再变化了，直至退休、终老。后面公司出现了极大的变动，还是离开了。再到上海书画出版社，恰逢人生低谷的一段时间，我最终还是突破国企的围墙，选择去做自己……

直至今日，我还在寻觅最适合我的路，我喜欢寻找这个动作，它意味着勇敢、探索、突破。我喜欢这样的词语，每次默念，都能感受到这些词的力量感。之前我看重持久，迷恋永恒，现在的自己更看重一份工作的体验与连接的功能。

如果之前的工作准则是不管经历什么，像一棵树那般，从一而终。现在早已变成，想到什么就去做，喜欢什么沿着自己的心前进。不只像树，不只像风，要像大海，无比包容，也允许一切发生。

活着，就要去应对变化，允许一切改变。别人的动作永远猜不透，只能安心地做好自己的事情。

不知觉间，已然成了职场里的流浪者。

换一份工作，换一种心情，换一种生活方式。工作的地点和内容可能会不停转换，但自己从未惧怕被淘汰，也不惧怕改变。

任何工作都无法困住我，我也不再迷信在一份工作里的时间越久，越深耕，成绩就越突出。我更坚信自己是体验者，始终在自己喜欢的领域深耕，在创造一条专属于自己的路。

忽略对成就的渴求，放下机会主义、精致的利己主义，才能走远。

时代的改变，人们被迫从土地走向工厂，从农业化走到工业化。我们投身工作，虽然很容易成为被替代的螺丝钉，但也得要求自己这颗螺丝钉拥有更强的专业能力，有自己的思考与定位。

随心去选择和工作，需要承担更多风险，但承担风险的压力，也会让人成长更快。我们上升的渠道有两种：一种，是做让你觉得困难但对你成长有好处的事情；一种，去做自己擅长的事情。认识自己，喜欢自己都很难，很多人会对自己没有信心，所以，第二种路，人们会很快放弃。

我搬家那次，发现自己名片上的头衔从某某主编，到某某总监，到某某营销编辑，到某某图书部门负责人……变来变去，我还是我。

我一直沉浸在内容创作的世界里，并不担心任何科技手段能替代我的思想与思考，也不担心任何年轻人可以替代我去写故事。我有自己的经历、阅历，也有属于自己的山与路，一直延伸。

我是北京那个冬天的街头，为丢掉面试机会而泪流满面的我；我是上海的咖啡馆，正在喧闹与质疑的声音里写项目方案的我……每个成长的时刻，有深夜里不肯落下的熬夜明灯，也有清晨坐在书桌前默默啃书时的倔强；也有面对背叛时的心在滴血，面带微笑时的坚强。

有落魄也有光鲜，有绝望也有感动，有躺平也有突破，有跌倒也有缓缓升起。有许多温暖的回忆，也有冰冷的打击……但这些都是我，属于真实的我的摸打滚爬、心酸突破的种种经历与状态。

每次回忆，无不充满温情不舍，每一个时刻都养育了更好的自己，比一直在一份工作里，体验更多，辛苦也更多。我想自己不会再苛责命运了，不管遇见什么样的打击，自己都会缓缓站起来，走出人海，走向自己。向内求，会安静，也会自在许多。

期待你也不要特别局限地被困在任何一份工作、一段爱情中。只要心是柔软的，姿态是向上的，一直在耕耘，周围的人与事，都会变好。

对此，我深信不疑。

任何时候开始都不晚

我发现我在目前这个行业里，一直迟到，根本做不到创新。但我又是期待创新的人。再看看之前跟我一起起跑的人，似乎都跑到了我的前面。

我有时心焦，有时坦然。是不是我一直在迟到，所以没有跟上其他人的节拍，导致现在的自己不温不火，前程也是忽明忽暗？我想去读博，想去深造，想去给自己一个间隔年，但又担心离开职场，再返回会好难吧？我是应该勇敢往前，跑在前面，还是该坦然接受缓慢的步骤？

◇◇◇

迟到和提前，并不存在明显的界限。有的人早入局，并不一定赢到最后，有的人晚点到，准备得更充分。我们的时代，对劳动的标准，其要求越来越专业化、细节化。如果能把喜欢的事情做到深度且透彻，一时的输赢，一时的早晚，并不重要。专业的力量和勋章，是任何人取代不了的。若有担忧，多半是需要充电了，来支撑自己的自信心。

我是一个经常慢半拍的人，考试也是，工作也是，婚姻也是——结婚很晚。

经常是身边的人都跑了几圈，我还没出发，但只要我开始跑，就决然不会放弃。三十岁前，我笨得可怜，除了学习和考试能拿高分，其他的事情很难变通，不理解万物之间相通，难免四处碰壁，一再跌倒。三十岁后，不断顿悟开窍，才慢慢把工作、婚姻、生活处理周全。

记得去采访黄晓丹时，我问她："三十五岁的危机是什么？"

她说："没有危机，生活和工作才刚刚开始。文学入局的时间很晚，需要参透的东西太多，不像理科都是公式，有解题思路，文学没有具体的步骤，讲究的是融会贯通之后的顿悟、周旋与坚守。"

三十五岁前，她一直在求学，三十五岁后，才做大学老师。与身边人不同，大家三十岁就已结婚生子，取得事业的成功，当时，她们都是她羡慕的对象。

现在来看，人生无早晚，它只有一件事，就是处理自己与自己的关系，即进德修业，进一寸，得一寸。功名利禄这件事，我们难以做主，虽然它是衡量世俗有无的一般标准。

我经常看到许多同事，干着干着就辞职了，一问是去读研读博了，真的是又羡慕又敬佩。我自己也是在作家祝羽捷的鼓励下，重新规划去读研读博。那次，我邀请她在五峰书院参加活动，她说在英国读书时，最喜欢的女同学是一个短发女孩，她以为跟自己年龄相仿，一问快五十了，她那么乐观、热情的状态，感染了祝羽捷。

任何时候开始都不晚，任何时候放弃也不迟。

遵循本心更重要，不要拧巴。

在进修的路上，自己最难的一次经历是去考驾照，日语考级、雅思考试，包括考研，我都没有这么惧怕。读初中时，我出过一次车祸，小腿都被擦伤了，我想这一辈子都不会接触开车这么危险的事了。直到我买房买到了郊区，出行没有地铁，打车又太贵，大家都是开车出行，我也就被推上了学车之旅。

那是炎热的7月，天热，报名的人少，我趁着人少赶紧报了名。每天早晨五点起床去学，晚上下班了，在黑夜里继续学，暗自告诉自己一定要过，而且要顺利。

练车的教练脾气很大，总是莫名发火。同事说："原谅他吧，毕竟他并非教育家，他是一个要教很多'笨蛋'的莽夫。"听到她说"笨蛋"两个字，我哈哈大笑，毕竟我真的有点笨，教练天天骂我是"笨蛋"。

记得那个月，每天都被教练训得晕晕乎乎，但也感谢他的严格，我居然仅用了一个月多的时间就拿下了驾照。不得不说是个奇迹，包括我在内的所有人都不敢相信——上海考驾照那么严格，又是最易出错的炎热夏天——一个经常被教练骂得晕头转向的人，居然四次考试，次次百分过关。教练还邀请我一年后来学习开房车，我也厚着脸皮，肥着胆接受了邀约。

学车给了我许多信心，我后面去学日语，参加等级考试，后面又参加湖南大学文学系的研究生考试……都取得了很好的成绩。

生活就是闯关游戏，我一次次学习、练习、模拟、考试，一次次过关，取得胜利。但我深知，人生才是最难的考场，我们要面对的是远比英语流利、开车娴熟更加复杂的挑战。

做好任何一件事，都很难。许多人，许多事，都充满了各种一定以及不一定性。一定的事情，最后可能会辜负你，不一定的事情最后可能会成全你。

我们要面对的人生这门功课，叫作恋爱、育儿、养家、为人、处世。这门功课门类复杂，充满各种难解难题，却没有教学大纲，更没有重点复习，每天都要随机应变来应对各种可能性，可能性有好的一面，自然也有糟糕的一面。

这些年，我一直在跟各种人见面，朋友们、客户、写作者、创业者、投资者。我们在谈各种合作、成长、焦虑、内卷，聊的时候可能性很足，但执行上还是要靠自己一点点落实、推进。每一个步骤都不能省略，也不该省略。

自己能决定的事情少之又少，只好把头低下，把该做的事情做好，等答案，随清风一起来。

经历了这一切，我才成为自己

　　在凌晨读你的文字，感觉到自己的孤独被理解了。我们都是孤独的异乡人。打开窗帘，看到这个熟悉且陌生的城市，顿时恍惚：我活着的价值和意义是什么？我喜欢写作，却没有办法出书，我喜欢音乐，却没有办法拥有自己的音乐，我没有毕业于名校，也没有遇见自己喜欢上的人。我是一个太普通的人，普通到令世界遗忘。

◇◇◇

　　原来你也认为自己是一个孤独的人，我内心也经常会升起孤独至极的念头。

　　我真的有些怀念之前在陆家嘴工作的时间，互联网电商的工作特别忙，每天忙到只能吃一顿饭，下班时几乎都是凌晨。我从浦东打车回家，一路灯火通明。

　　上海不夜城，我看了一遍又一遍，每次都有不同的心绪和感受。回想起自己刚刚去北京上班的场景，当时是在三元桥工作，打车去北京电影学院，一路要路过国贸等繁华景象……灯光特别明亮。

黑夜比白天还要光明，比梦要灿烂，它们如此相似，如此迷人。

打车的路上，一日的疲惫令人困意十足，半睡半醒之间，会有恍惚感，以为是在梦中。夜晚，很黑的夜晚，仿佛更能看清楚每栋建筑、每颗星星，以及自己的内心、欲望。感慨上海真的太美的同时，也深深觉得世界好大，个体在其间的渺小。

我好像坐在船上，游荡在大海之间。孤独感阵阵袭来。但又很享受这样的孤独和黑夜，它们反而映衬得梦想更为珍贵，更值得拥有。

不管外面的世界如何喧闹，我还在前行，以自己的方式。

你像水滴在海中一样渺小，却又像一束光那般清冷明亮，不由自主地对自己说："好好拥抱你的孤独吧，那是成为你自己最好的路。"

好好感受这窗外的深夜，它把一切掩埋，给了他们同样的颜色，他们共同的名字叫——沉静。

真的，没有不孤独的人。记得最好的编辑朋友给我约了一本书稿，主题就是孤独。往下的一周，列孤独的主题，回想起点点滴滴，处处有孤独的身影和故事。孤独已深入我的骨髓，随着我一路跌跌撞撞，成就了我的创作。

写孤独那本书，写了十多万字，自己非常喜欢，但因为各种原因无缘继续。我心里略有遗憾，每每回想，依然感谢孤独，给了我独立思考、无尽的灵感、思维的辽阔等等多重感受与体验。

我记得当时买了许多有关孤独的哲学书籍，从理查德·耶茨的《十一种孤独》到蒋勋的《孤独六讲》，再到阿尔弗雷德·阿德勒的《走出孤独》……我看了许多名家学者对孤独人生的理解，也看了许多故事。顿悟到，原来每个人都是孤独的普通人。

记得之前去一个学校演讲，一个学生站起来问我，你没有考取名校，你没有像同龄的一些当红的作家那么红，那你写作的价值和意义是什么。也曾有一位读者在我的微博下面留言："你没有曾国藩的智慧，所以你写不出他那种感觉的文字，而我喜欢的是曾国藩的文字，只有他的文字才有价值……"

类似这样的问题，曾困扰过我。

后来，我成了上海作家协会的一名会员，去参加学习时，看到那么多优秀的喜欢写作的作家和我坐在一起学习，我想明白了，我可能没有当红作家那么幸运，但我喜欢创作，也创作了十年之久，这就是意义，创作的本身，开始写的那一刻，就是价值。

微信里有一个女孩说喜欢了我快要十年的时间，从初中到大学，今天特意来给我留言，想谢谢我，一直陪伴她。

那一刻，我很感动，我甚至没有与她深度交流过。

她说："你在我的精神世界一直陪伴着我。"

有人喜欢曾国藩，有人喜欢三毛，有人喜欢庆山，也有人喜欢我，我们会喜欢不同的写作者，不同的创作风格。不必着急否定自己，不要盯着否定自己的声音，要为喜欢你的那些人更努力去绽放。我真的感谢那些人的质疑，给了我全新的思考，让我从这一刻开始接受每个人都是不同的，必须接受不同的认知，包容多样性。

我想，我们不是在平坦的大路上，兜兜转转，定义自己是谁，我们一定是在撞到了一个阻力上，一个困境里，被反弹，被深埋，无法挣扎，无法反抗，最终才意识到自己是谁。那样黑暗的时刻，我已坦然走过了。

我去书画出版社工作，每天都可以看到许许多多的留言，一些诋毁的言辞从中跳出来，不仅作者受伤，我也会被伤到，毕竟作者都是很优秀的艺术家、书法家老前辈。我还清楚地记得，一位书法家去世了，那天的推送变成了她的作品，当天看到评论里有一些恶意满满的话语，真的很伤感，甚至开始怀疑做书的意义。

我主持过许多学者、作者的讲座，也采访过很多演员、歌手，每次准备资料，我都要认真翻看大家对他们新作的评论，发现即使写得非常好，他们也会被一小部分人攻击、否定。可眼睛盯着这些负面的消息，是毫无意义的。有多少赞美，就有多少诋毁。世界是平衡的，我们活在这种平衡里，跳不出来。

与孤独的一面相处，与负面、黑暗、受伤的一面相处，是每个人的功课，不仅不可逃避，还要从中感受出特别。

我多么想再给自己一次机会，重新回到那所演讲过的学校。我不会气馁，我会理直气壮地告诉他们，并不是每个人都能读名校，你们也一样，但每个人都可以拥有梦想，我们都一样。去做自己喜欢的事情，并力求把它做到完美，看重过程的享受，看淡结果，这就是价值。

功利主义者会更认可价值感带给自己的意义，会看重结果的利益，并以此作为衡量一件事成功与否的标准，但人生其实是无意义的。勇敢去爱，就像从未被人爱过；努力去感受，就像从不在意世界的反馈一样；勇敢去跳舞，从不在意舞姿是否被他人接受。

在有限的生命中，要邀请自己多去尝试、折腾、感受，只是为了在年老力衰，被关在房间里无力走出的那一刻，多一些回忆、故事、回味——回想这一生，会有这样的感悟：原来这一趟我没有白白来过。

更可贵的是，谁也不可以轻易定义我，更不能轻易否定我。当然，谁也无法全然理解我。

所有人都理解的人，是不存在的，那他该普通成什么样。

所有人都理解的孤独，也不存在，孤独也有自我的独特。

我想推荐你读一读我喜欢的保罗·柯艾略所有的书,《孤独的赢家》《我坐在彼德拉河畔,哭泣》,等等。尤其推荐你来阅读《牧羊少年奇幻之旅》,书中的主角是男孩圣地亚哥。每次遇到困惑,能给我鼓励再次出发的就是这本书。

　　孤独的求索路上,他在沙漠中遇见了那么多诱惑,炼金术士、沙漠之女,每一个都诱惑着让他停止脚步。他也可以随时停下来。但他背负着孤独的梦,继续前行。

　　一直到结尾,他找到宝藏,回忆走过的所有的路,他感慨万千:感谢我自己,最初的困难并没有困住自己,中间的诱惑也没有将我捆绑,最后的威胁也没能将我杀死。经历了这一切,我才成为自己。这段话适用于所有人的人生,适合每个人去思考和实践,也包括孤独的你和我。

静静地喝一杯咖啡

终于给你寄了咖啡，我创业做的项目，好多困难，我终于都走过了。我在写年度总结，今年的一幕幕，如在眼前。想到你还在陪伴着我，我的内心很温暖。谢谢你，还在我身边。

咖啡，是我们绝对的爱，但我们不仅仅是因为咖啡的味道才走在一起的，我们是因为对生活共同的爱与理解，才走到了一起。请给我讲讲你的年终总结故事吧，每一年结束的时候，你会怎样来总结今年，安排明年？

◇◇◇

我还是先来分享咖啡的故事——

那个春天，爸爸动完手术后。

爸爸妈妈对我说，往下，他们想四处走走，品尝美食，体验年轻人的生活，或我的生活。一次，我把他们带到咖啡馆，给他们点了一杯甜度相对很高的咖啡。

我爸爸喝了一口咖啡说："真的苦，比中药难喝，比人生还苦，你为什么喜欢喝这么苦的东西？"

我才发现，原来在一些人的味蕾中，咖啡居然是苦的，尽管加了那么多糖，他们还能品尝到苦的味道。

我偏偏深爱这种微苦的味道。想到塔罗牌老师曾给过我指引，说我注定活得辛苦，会绽放、精彩、浓郁，但也真的会操劳。她仔细想了想，用咖啡来形容我。

或许真的是命中注定，我真的是操劳，难以安逸。我和咖啡的感情，也真的是过于深刻。从大学毕业至今，十五年来，一直觉得自己的身体里流淌的不是血液，而是浓郁的各种味道的咖啡，有卡布奇诺、焦糖玛奇朵、香草拿铁、大溪地……

压力大的时候，早晨来一杯提精神，压力更大时，一天要喝两三杯来支撑灵魂。身边的朋友基本喜欢喝茶，我连麦过好多次嘉宾，分享的也是中国茶道、慢文化的生活美学。其实，我只喜欢喝味道比较甜美的水果茶，要那种闻起来清香、喝起来醇厚——一定要特别有味道的才能入口。

朋友们点咖啡时，都爱喝戒糖戒奶的苦咖啡，我也无法入口。理由是，生活十有九苦，这唯一的甜是自己给的。咖啡、奶茶必须是甜的，才能感受到一种幸福的感觉。

一直以为自己是个例外，直到遇见同事背背佳。我们真的是一对非常登对的"咖啡伴侣"，每天都在对饮，你点两杯，我点两杯，干杯吧，朋友。这一天就这样过去了，压力也被消灭了大半。

咖啡不仅是一种饮品，已成为我内心的力量支撑。每当感觉到压抑或能量较低时，我都会想象，有一个和我一样热爱生活、热爱工作的人，在认认真真地喝着咖啡，努力地工作，便能从这种假设里，找到重新投身工作的热情。

有时被邀请去参加文学的分享会，会议结束后，也会在附近的咖啡馆坐一会儿，让自己情绪平息。

那种感觉真的很奇妙。坐在咖啡馆，看到那些行色匆匆的人在一个空间里突然松弛下来，端着一杯咖啡，望向窗外，发呆。尤其在黄昏里，满是电影的画面和故事感……所以，我一直建议，创作的人要去咖啡馆写作，这里的人，这里的风景，这里的味道，会给你源源不断的灵感。

巨鹿路上海作协的门口也有一间小小的咖啡馆，只能站在外面享用，跟我一起去申请加入作协的作者朋友林夏，特意帮我拍下一张在咖啡馆前喝咖啡的背影。那是我永远不会忘记的一天，雨越下越大，我们去申请入作协，淋了雨，狼狈至极。

保安说，你们不能这么干巴巴地交给我资料，请去找一个体面的袋子装起来。

我们只好四处找包装的袋子，走遍了鞋店、百货店、衣服店，终于在买手店买到了合适的袋子，包装好资料后，把它们一起送到了上海作协的门口。

一路上，一直在下雨，我们一直很开心，大声地说笑。办完所有的事情后，咖啡的香气入口，倍感安慰。

现在，我在不同的城市穿梭，一旦落地，我会第一时间寻找咖啡馆跑去写作。给你写的回信，都带着咖啡的味道，带着不同城市的味道，它是巴黎、东京、纽约，它是长沙、泉州、白银，它是我的家乡，一个不知名的小县城——单县。我喜欢流浪的感觉，一旦在路上，创作的灵感便格外强烈。

我想，这一生我应该都停不下来，我应该一直在路上。我的孤独，与山川河流融为一体，孤独换成了其他的名字，叫探索，也叫体验。但每一种探索与体验里，都有咖啡的陪伴。

说到年终总结——大学毕业后每一年时间飞快，我每年年底也会写一下，留作纪念。一边写一边回忆，那种感觉很好。

此刻，我把自己固定在了莫干山，写作。每到年底时，我都会来这里待上一段时间，让我的心安静下来，不去想任何繁杂的事，也不见任何人。

不去翻看年终总结时，感受不到一年年的变化。但每次打开，从毕业到现在，十多年的自己与身边人的经历、变化、思考，真的很明显。

过去的未必稚嫩，但一定天真；现在的也未必成熟，但一定丰富。

我一直在想，如果能把这些年的总结写成一个女性成长的长篇故事，应该多精彩夺目。我还在写，还会继续不断深化，等到时机成熟的时候，期待它能跑出来与大家见面。

这些年，支撑我的是信念感，我每天都会对自己说："会好的，会实现的。"那些起初看似不可能实现的事情，尤其是写作的项目，在我面前缓缓打开、缓缓实现时，我的内心满满是感恩。比如我写给你的信，我坚信这些书信一定会如愿上市。

我们的故事也会被更多人知道。

你一定会问我，生命里那些不能实现的事情，我会如何接纳。

我想自己只能爱具体的人，做具体的事情，坚守自己可以坚守的，彻底打碎不切实际的一切，包括友情、职场、合作，等等。

不能实现的那些愿望、那些期待，无法相爱的那些人、那些事，我就与它们干杯，喝一杯咖啡，在醇香中，在浓烈中，我选择了遗忘。

允许他们有他们的路要走，也允许自己有自己的前程去追寻。

在写年终总结时，我过去的所有忧虑，顺着咖啡醇香的味道，一散而尽，我的目标和方向，也终于焕然一新。

不苟责的生活美学

今天我的一个项目失败了，合伙人朝我大吼大叫，批评了我的长相、我的穿衣、我的审美，说都是因为我风水不好、运气不好，才丢了她最看重的项目。

有那么一瞬间，我被打击得想消失。她是我最看重的朋友，也是陪伴我最久的人。我一遍遍从自己身上找失败的答案，找失败的理由，我想，这是多么糟糕的我啊！如果没有我，她应该能得到自己想要的成功。是不是我的存在，让别人有了今天的挫败感？

◇◇◇

我去参加生活美学的一个讲座，讲师是一位留学日本回来的插花老师——沐。

沐一边插花一边分享："人要想看到生活的美，活出一种平静感。有两种方式：不苟责自己，不苟责他人。"

那天她的插花也很美，非常素雅、清淡，远远看去有一种孤独感。但仔细观察，又能看到每一株植物之间保持着独立，各自灿烂；组合在一起，虽不过分热闹，却很和谐、舒服。

很喜欢这种感觉，并从中得出了一个道理：我们和亲人、情人、朋友在一起，首先保持自我的独立性，再寻找共同性，再去合作、发散。

一个无法做到分享的人，会没有朋友；一个看不到他人身上闪光点的人，会一直活在黑暗里。爱出者爱返，福往者福来。

有一类友情或亲情其实很可怕，对方与我们熟悉或喜欢的时候，黏在一起，彼此不分；一旦有了分歧，就会立刻变脸，乌云密布，倾盆大雨，全然地否定他人，一定要把对方逼到死胡同或悬崖边，才肯罢休。这样的人，要学会分辨，且远离。所以，现在我刻意地与许多人保持距离，不再假装自己拥有许多朋友。

我终于回到了自己的世界中，安安静静地做自己想做的人、想完成的事情，我不再标榜自己是热闹人群的一分子。

我也因为你信件中类似的事情受过伤，当时也与你一样，不只是痛苦，而是委屈的痛。

可有时我又是那么倔强，我只身来到敦煌，来看壁画，又来到沙漠。在夏日的黄昏，我躺在沙漠的角落，想象我糟糕的经历与委屈的情绪，它们汇成了河流，像水一样被夕阳带走，被沙漠吸收。躺了许久，那天夕阳特别红。我的内心终于平静，宛若新生，原谅了自己，也原谅了别人往我身上倾洒的污水。

认真地分析你的遭遇，我想如果没有你，她也同样会失败，最需要反思的人，不是你，而是你的合伙人。

有一种人很恶劣，一旦失败，就把责任推到别人身上，假装自己无辜。一个经常把自己设定为受害者的人，最容易成为施暴者，这个圈套要及时跳出来。不要把同情投射到她身上，更不要过度检讨自己，认为是自己的问题，然后自责。即使你发现和解决了眼前的问题，也无法提升，因为你的出发点不对。每个人成长的原点，一定是为了超越自我、完成目标、体验深刻，而不是为了满足他人的欲望、他人的要求，承受他人的责难。

你的提问让我想起一段视频，是一位博主分享的。我现在是她的忠实粉丝。

她的合伙人说她嘴上有疤，破了风水，所以导致项目谈不下来。这件事对她打击很大，于是她决定去找可以修复上嘴唇的美容机构，最后她遇见了一个医生，说可以治好她。她花了一百多万，打了一千多针，最终还是失败了。每一次打针，她都疼得眼泪直流。受尽折磨，她还是没有被医治成功。

但之前停滞的项目，那个负责人突然找到她，说可以推进合作了。

博主问负责人，最初拒绝自己，是因为她的三瓣嘴吗，还是因为自己不好看。

负责人说："你挺好看的，我们根本没有注意到你嘴上有疤痕，你不要自卑。"

从此，这位博主再也没有去给嘴巴扎针。之前，嘴上有疤把她困在了信息茧房里，之后，她终于脱壳而出，破了执念。

这一刻，世界无比辽阔，她可以从全新的视角来看自己了，不再虐待自己，苛责自己。当你把自己的痛苦无限放大，你会发现它糊住了你的整个世界。你一定要想办法找到一个缺口，整个过程会很痛苦，然后光就可以照射进来，人才能得以重生。

我再来分享一个不苛责他人的故事——不苛责自己是相对容易的，不苛责他人，难上加难。

我在青岛讲完课，去海边透透气，看到一个小男孩正在沙滩边堆自己想象中的城堡。他全神贯注的样子吸引到了我，我默默地站在他不远处，看着他一点点堆起来。这个时候，海浪打来，他堆的城堡瞬间被海水冲为了平坦的沙地，仿佛一切幻想与努力都付之东流、不复存在。

我以为他会哭，然而他甚至没有气馁，重新堆了起来。刚堆好，刚雀跃地蹦了起来想要分享喜悦，"妈妈"这两个字刚喊出口，他的"城堡"就被其他小朋友一脚踢坏了。

旁边的小男孩紧张兮兮地用要哭的声音说："我赔你，好吗？"

他却流着眼泪奶声奶气地说："不用赔，快告诉我，你不是故意的。"

旁边的小朋友急忙说："对不起，我不是故意的。"

小男孩点点头，"没关系，我妈妈要我原谅没有恶意的人。我再来建一座更大的城堡，里面可以有我爸爸的房间，我妈妈的房间……"他喃喃自语。

他又开始了新的城堡之旅。

旁边的我都被感动得热血沸腾，如此大气、大度的男孩，他的未来不可限量，因为即使别人毁掉了他的心爱之物，他也能及时放过别人，且没有大发脾气。

我们真的要向孩子去学习，学习他们身上流动的善意，未经世事的纯真以及热忱的爱与赤诚。我们会慢慢忘记自己也曾是个孩子，也曾有过那样伤心转瞬即逝的宽容，那样不惧怕被打击的勇气。

放过他人，放过自己，是一门功课，更是修行。

有时候我会以为自己是一棵树，一棵深深扎根大地的树木。会随风摇摆，但不会没有方向地随风而去。会在冬日里落成光秃秃的树枝，休息，但也会在春日里继续醒来，发芽。

当自己是一棵树时，会更能明白什么是自然而然，更懂时机、规律，更能放下、理解；更能去爱另一棵树，并与它们在根部建立深度的连接，而不去苛责表面的一荣俱荣、一损俱损。

当自己是一棵树的时候，它与世界的连接最多，靠近它，就是靠近宝藏。它源源不断地付出，可以让人不断发现它的独特。当然，这棵树最吸引我的，是它的平静，是它的荣宠不惊。

它就像一个不苛责的人，没有眼泪，计较最少的人，快乐最多，不再想得到，然而收获最丰富。

第四章

过好自洽的人生

内心越澄明、清静，怀有悲悯，怀有谦卑，
对生命的感受越深刻，连接越深入，就越能写出
好的文字与故事。

快有快的风景，慢有慢的思考

自从我来纽约工作，我开始觉得时间变得很快，来不及做许多我想做的事情。我是在努力工作，但工作中收获并不多，梦想却在荒废。所以我会焦虑，会想这个城市是否适合我。

节奏很快的工作我做过五年，真的会枯萎，因为需要全部投入。节奏很慢的工作我也做过，同样人也会枯萎，因为节奏太慢，自己的能量没有被发挥出来。想与你探讨工作、生活的节奏。快慢之间，该怎样找到一种平衡的力量？

◇◇◇

收到来信时我一直忙于工作，直到今天我才真正安静下来，给你写信。

你知道的，我上一段工作是在出版社，现在我刚入职某互联网公司做原创内容，既要对接出版社、供货商，又要对接下面的销售，节奏超快，自己忙得不亦乐乎。

偶尔闲下来或结束加班后，会在深夜回家的路上，问自己："这是我想要的工作吗？有觉得辛苦吗？"

没有答案，也没有喜欢或不喜欢，适应或不适应。这些都很重要，但我得不到清晰的答案。大多时候，我都是硬着头皮往前走去。

一日下午，电商社群内突然有一本书被我们推成了"爆品"，群里的妈妈们一起感谢我推荐了一套好书，她们还分享了自己读书的收获。这令我意外、惊喜万分，满心成就感，下午连续喝了两杯咖啡才压制住了内心的兴奋。这一刻，我才发现自己已如此依赖这份高强度、快节奏的工作。

工作十五年，我一直在原创内容的世界里转来转去，有时是传统媒体的工作，有时是新媒体，有时是互联网公司。

在出版社工作时，身边的人会觉得我做事速度过快，经常有同事提醒我，让我慢一些，做得更精细一些。

在互联网公司上班时，身边的人会觉得我做事太慢，经常督促我即刻完成就好，不必深耕细作。尤其是在某公众号工作的阶段，大家好像更重视转载，不尊重原创，所以每次上交结果时都很潦草，我自己会不忍心，会想再丰富或完美，却往往被叫停。

你看，快与慢的标准一直在变化，且都是外界的答案。

我们本身的节奏和做事的快慢，许多时候无法成为标准，人生每个阶段所需要的也不相同，不管是快的节奏还是慢的步伐，不过是一种选择。

工作多年的人，到中年会形成自我做事的节奏，然后顺着本心走。自然，会有许多人选择创业，去创立一种标准。就像我现在，成为全职写作者，早晨起很早，阅读写作，然后锻炼身体，下午看书，晚上继续写作，充实且踏实。重要的是，我的心没有之前那么浮躁了。

之前我总在按照别人的要求去达到一个工作的节奏，现在我终于可以自主掌握。这是我新的一年最大的收获。

我一直认为，生活注定是平衡的美学，但生活无法平衡，因为一直有选择。

没有选择的人生注定是沉闷且无趣的，选择太多的人注定一直在流浪。

所以，自我经常会出现晃荡感：快的时候，想慢，慢的时候又想快；爱的时候想自由，自由的时候想牵绊。

这个时代给予了我们太多的样本，它一直在对所有人说，你往前奔跑吧，只要你愿意、努力、付出，你就会过上自己想要的生活。

我们分不清其间藏了多少诱惑、欲望，有时也会难以保证初心，分不清自己的角色。我好担心自己成为那种，明明只有普通人的行动力，却想成为更厉害角色的人。

我刚刚采访完一位优秀的中年女性创业者。聊到深处，她落泪，挥着手说这段不能录视频，要删掉。

结束采访后，我和她探讨女性困境。她比我悲观，更是坚定女性到了一定年岁，职场生涯就会陷入困境，不管是创业还是打工，皆会进退两难。"八〇后""九〇后"身上有一种负重感，这种负重感优点是贵在有责任心，愿意付出，努力达成；缺点就是，寻找到自己会很难，觉悟会晚。

她一个人落落大方地在上海这座城市做过许多工作，前台、销售、导游、广告……创业自媒体。基本哪个行业哪个平台可以快速变现，她就会朝着那个方向努力。追红利，踩爆点，非常拼命，也赚到了足以让自己躺平的财富。

她对我说："应该躺平的人是不会躺平的，偶尔歇息片刻，还是要继续赶路。"从去年下半年开始，她倍感压力，困境到了顶点，裁员、搬办公室，与合伙人一别两宽。最崩溃的时候，头发掉了许多。

有人相劝："要不改变从前的生活节奏，试着先慢下来，享受生活？"

她回头温柔地解释："对不起，我的节奏已经无法慢半拍。因为我拥有了想要的一切，拥有的踏实和维持的辛苦，不相上下。"

没有谁能够完全地理解另一个人。这个世界没有完全等同的人生，以及感受，即使是距离你最近的人。

做电商多年，她早已百炼成钢，深刻明白如果开始会有新手的运气，接下来拼搏的不仅仅是机遇，更是她的耐力与坚守。这两样东西，是天命的指引，也是她拼到最后的筹码。

我说，既然无法慢下来享受生活，但要记得慢下来思考。

她大笑："我不仅要快，我还要飞。飞着去做事，做事的过程会有一种快感、成就感！"

我们道别，各自走向不同的轨道。我很感谢这一个半小时的相逢，让我看到了一个不服输的大女人的真性情流露。我很欣赏这样的女性——活得通透，特别有力量，理性地前行；偶尔感伤，缓过劲来立刻雷厉风行，大步朝前走去。

有时，我会觉得这个城市如此冷漠。尤其是我工作的这条街——金碧辉煌的陆家嘴，更是冰冷到绝情。有温度，也有真情的交流是多么可贵，所以非常感谢这样交谈甚欢的时刻。回去的路上，下起了雨，没有带伞的我和摄像师把衣服搭在器材上，自己淋着雨，大步流星地往前飞跑。

奔跑的过程中，又想起开慢书店的鹿茸哥，要开一间慢生活、慢美学的书店。他期待每一位走进自己书店的人，都可以慢下来，跟他一起读书、思考、生活。

又想起牟木老师，也是在慢下来以后看清楚自己的内心，辞去了设计师的工作，去创业，建立了禅心瑜伽与冥想工作室，在北京有个"归零小院"，那是我最向往一去的地方。

快有快的风景，慢有慢的思考，都很好。我怀里揣着这个答案，想赶紧写给你听。

肆意江湖里，有人唱歌，有人哭泣，有人在黑夜的灯光里熬了一个通宵，有人在西部的荒野里旅行。

　　快慢无法定义与选择，我们的节拍只能跟着某个时间段想要的生活一起奏起音乐。等找到自己的那一刻，一切都会定型。

　　不一定慢下来才能感受到生活的美，也不一定是步伐很快很快才能赚巨额的财富。不管别人了，这件事本来就没有标准答案。

　　慢慢走或快速抵达，都要交给自己的心，当它自洽时，你最舒服，也最自在！

保持热爱，都会有所收获

看了你的新书，我读得很感动，写作那几篇我很喜欢，我暗暗提醒，不要忘记自己也是一个文学青年，一直想冒险投身文学。但我是个理科生，始终没有勇气去做与文学相关的工作。工作不仅仅是工作，也是一个年轻人生存下去的依靠。

我经常深陷矛盾之中，现在去做文学类的工作是不是不合时宜了？文学是怎样滋养我们的内心和世界的？一个真正热爱文学创作的年轻人，该怎样走出属于自己的路？

◇◇◇

任何时候想靠近文学、艺术，都不晚，但也要看做这个选择的动机是什么。你用了"冒险"这个词语，的确是，写作是有颗粒无收的可能性的。

但不管怎样，文学在我心里是神圣不可侵犯的存在。它一直以自己的方式滋养我们，是一种潜移默化的影响，并不是雷电交加、一阵轰鸣，而是绵绵春雨般滋润、灌溉。

在文学的世界里，走很久很远，我们浑然不觉，但行为、举止一定会不自觉间优雅，言辞、交流也会不自觉间流畅。文学不是奇效药，立刻止疼立刻止咳，以致让人怀疑它对生活的贡献和抚慰究竟有多少。但文学是四季开花的树木，每一季节都有它独特的美。

文学是长期主义者的绝对福利。

写作十多年了，那些跟我一起投身写作的人，坚持到现在的少之又少，剩下的人都是岁月静好的模样。每次见面，我们都要聚在一起交流，宛如最亲密的人。中间走散的写作者，有的去做了大厂的运营官，有的做电商创业，有人选择去做了生活博主，还有一些作者再也联系不上，彻底转行到另一个陌生的领域……

每有作者出新书举行线下活动，都喜欢邀我去做主持人，有时是上海，有时是北京、深圳或成都等等，许多城市，我都会赶过去，想见一下一直写作的他们。

他们陪伴我走过了写作最黑暗的时刻，我坚信，在任何一个领域，只要深耕深挖，投入大量的时间，保持热爱，都会有所收获。

所以，我无法给你具体的建议，要看你内心想要投身文学的决定，有多么坚定。如果只是试一试，千万不要试，因为一定会失望，反而要特别坚定地去做，才能在文学的世界里获得自己想要的结果。

我理解你的纠结、犹豫，沉淀、积累不到一定的程度，我们很难全身心投入文学的创作中，就像我，也是分阶段地投入其中，模式是：工作一段时间，然后再一边旅行一边写作，完成书稿后再投身工作。成年人，角色太多，承担太多，"不被打扰地写作"比"写作"本身难太多。

　　我与作者朋友们交流，不管我们交流的起点是什么，中间聊得有多么沉重多么轻松，最后的落脚点总会绕到写作上，谈创作的心得，最近在写的故事。导致我的好友们经常特意提醒我，"不要再问有关写作的事情"。

　　写作并不轻松，相反，它有些沉重，相信每位写作者都是负重前行。没有人可以一边愉悦生活一边用笔如刀，写好文章。当然，写作更不需要苦大仇深地面对。沉重与轻松之间，愉悦与悲伤之间，有个度，情绪要拿捏好，才能出好作品。

　　文学是很庞大的学科，最靠近人类精神的一面，我经常试着让自己远离尘烟，试着与细碎的生活保持一些距离，来保持敏锐的感觉，保持创作的倾诉欲。

　　一次，为了寻找写作的灵感我去了拉萨，在车上看到许多步行去朝圣的人，那种虔诚、坚毅、野性、质朴，是城市少见的投入。这种朝圣的态度，好适合创作者——不求时，反而得到最多。看着他们朝圣时的虔诚，内心生出感动，车停下来时跪在天地之间，顿时明白，写作传达的就是这种代入感。

庆山写："做自己真实生命的实践者，而不是世间虚拟戏剧的旁观者。"一个作家，不仅要能坐得住，还要能走出去，观察不同的人，跟世界建立扎实连接，生出根系，孤独与创伤也会因此治愈，得到灵感与生动。

你来信告诉我，你喜欢卡夫卡、黑塞、佩索阿、博尔赫斯等作家，也想像他们一样写作，成为他们那样的表达者。那你真的要把这个愿望写在纸上，时常拿出来看一看，写不动的时候就翻看一下曾经的愿望，寻找灵感，保持初心。

真实的写作，不看偶然，只看行动。

我来给你看一些作家写作的故事——

比如卡夫卡，他一直徘徊在对父亲憎恶与崇拜的情感中，他的小说一直有压抑的气氛以及绝对权力的"法庭"，都是爸爸对他造成的权威投射。年幼时，夜晚他想去喝水，却被父亲反锁在门外，他只穿了一件单薄的背心，冻得瑟瑟发抖。在卡夫卡写作的路上，父亲一直打压他，多年后他回想父亲，写道："那个巨大的人，我的父亲，审判我的最后法庭，会几乎毫无理由地向我走来，在夜里把我从床上抱到阳台上去……"

卡夫卡文学世界里的母题是：权力、恐惧与孤独。他这一生都在用写作来理解父亲对自己的爱，直到最后也没有答案。写作对他来说，是救赎。

比如我最爱的作家博尔赫斯，一生享有无限声誉，被称为

"作家们的作家"，他的内心是一片"安静而有力量的海"。其代表作《小径分岔的花园》不仅文字优美深刻到极致，故事更是穿越了时间的限制，为我们打开了多维视角、多维时空的通道。

他的一句话"我的心里一直暗暗设想，天堂应该是图书馆的模样"，成了喜爱文学的人的祷词。他终生都在图书馆工作，担任馆长，不幸的是晚年因眼疾双眼失明。他自嘲道："命运赐予我八十万册书，由我掌管，同时却又给了我黑暗。"

他并没有因此放弃文学，他找到最可靠的朋友，以口授的方式创作，依然硕果累累。写作对他来说，是陪伴。

每位成名作家的背后，是命运的选择，也是时代的选择，更需要个人的确定和付出。我心中的神——诺贝尔文学奖得主黑塞，"德国浪漫派的最后一位骑士"，十三岁时下定决心成为一名诗人，除此什么也不想做。

他写出《悉达多》《荒原狼》《在轮下》等经典作品，还会写童话，画水彩画。他经历过两次世界大战，困境重重，却一直写文来鼓励人们追寻自我。因为反战，他的文字一度被禁止在德国传播，直到1945年希特勒下台，他的作品才被德国解禁。

作家们获得诺贝尔文学奖时，年龄几乎都在四十五岁到六十五岁之间。普通人最容易拿到成绩的巅峰年龄也是四十岁左右，这个阶段，我们身上的缺点被修复，认知成熟，开始懂得珍惜，还有一定的力量前进，更容易成事。

最近在看《炽热的光及其他一切》，很喜欢书里面的一句话：

> 就像是昼与夜的区别，有过炽热的光，有过太阳，而其他的一切都是漫漫长夜里的昏暗时光。

我们的成长，也是在漫漫长夜里穿梭，借着昏暗的灯光，步履不停。要牢记，文学的灵魂，是写作者自己灵魂的模样。

人生的光泽感和荣耀，需要自己去打磨，文学也有光泽感与灵感需要保护。

你这么热爱文学，也会发现很多灵感一闪而过，如汹涌的潮水一阵阵袭来，你无法记录下来所有的感受，毕竟有些才华，是接不住的。

特别送给每一位热爱文学的人一句话：海浪之所以美丽，是因为它在障碍中前行。

我们一起前行吧！

那个可以坐很久的人

今天在东京的街头看到一个绘画的女孩，我站在她身后看了许久，想象你是不是也是这样，一直沉浸在自己的世界里，写作。我喜欢这样的状态，现在的我，经常浮躁、不安，生活一地鸡毛，工作也是迷茫，更多的时刻状态其实是不知所措的。想知道你心中有没有类似我这样的时刻。你会怎么处理这样的时刻？

◇◇◇

我唯一自豪的是，从很小开始学画画的时候，我就是一个可以坐很久的人。

小时候过于木讷，大人们只需要给我一个玩具我就可以玩上半天，默默地把玩具拆成零件，再组合。大人们都夸我乖巧。

读高中，学习绘画，在画室里画得一塌糊涂。尤其是石膏像的绘画，真的是画得老师和同学们都在笑，我也被伤了自尊，心中满是羞愧，一声不吭地看着老师帮我修改。

但后来美术老师贺欣的一句话鼓励过我，她说："你看那个女孩，一直坐在画室里，能坐一天，进步很快。她应该能画出来，她能坐得住。"

后面去意林工作，工作一开始并不顺利，但我并没有气馁。

下班了，同事们都回家了，我坐在工位上继续工作或写作。有位主编曾说过类似的话："你以后会很好，你能坐得住，你稳得很。"后面在慈怀读书会工作，怀孕到生产的最后一刻，我还在写女性成长读书会的书稿。我去做剖腹产生孩子，自己给自己的知情单签字，先生正驾驶着飞机前往日本。

我给编辑留言："你等着我，我先去生个孩子。"

编辑惊讶道："你也太稳了，上海太卷了吧？"

我来不及回答她，手机就被没收了。

所以，每当我急躁不安时，或不知所措时，我都会让自己坐在一个地方，比如咖啡馆、书店，先坐很久，再试着坐很久。

身边最好有人不停地走动，让你意识到你不是一个人。越是沉不住气，越是躁动不安，越要压制自己的情绪，坐住、稳住，观察身边的人或做自己喜欢做的事情。

这一点，同样适用于写作与阅读。许多人刚开始写作，首先的困境就是要学习如何坐得住。

写作会有一种疗愈力，令心宁静且愉快，要学会有意识地进行深度表达，是对自己的磨炼，也是对心的拷问。

在这个过程中，你就能坐下来。

村上春树有本书《我的职业是小说家》，被我奉为对我影响最大的一本书。他写自己对喜欢的事情，一定会全神贯注，追求到底，绝不会说"算了，我不干了"这类丧气的话，并且一定要做到得心应手才肯罢休。

每次写作，村上都能持续五个小时不间断地坐在书桌前写作。他形容自己的心，用了四个字——非常执着。他的强韧并非与生俱来，而是后天获得的，如果我们有心去做，通过努力都可以在一定程度掌握。

十九世纪的作家安东尼·特罗洛普，发表过许多长篇小说，备受当时读者推崇，风靡一时。他在当地邮局工作，写小说是他的业余爱好。

直到最后他都没有辞掉邮局的工作，每天上班之前很早起来写作，勤奋地完成自己规定的写作量，然后出门上班。

一八八二年，他六十七岁辞世，他的自传在死后出版，看到他那没有丝毫浪漫色彩、规矩死板的日常生活后，评论家和读者愕然失色，大失所望。

据说，特罗洛普从此人气和声誉一落千丈。十九世纪的英国，人们以为作家的生活方式追求的是一种反世俗的理想形象，没想过他会过这种普通且规矩的生活，每天早晨起那么早来写作。

说到这里，我想分享一个我特别喜欢的翻译家何道宽先生。

一日与编辑在虹桥火车站的咖啡馆聊天，说到最喜欢的作家，毕业于波士顿大学文学系的她说，最喜欢的是何道宽，因为他太努力了。晚上九点睡去，早晨三点半起床，每天要工作十几个小时，定的工作量是每日翻译三千字，一年翻译一百万字。

虽然翻译过莱文森的《手机：挡不住的呼唤》，但何道宽老师是个"手机盲"，现实生活中不用手机，因为学术生活不需要手机就可以完成，写作只需要大脑、电脑与邮件，他与世界交流的窗口就是电视。他觉得自己做学术的生活"幸福死了"。他认为文字是根基，是审美和表达的基础，不喜欢看视频或图文，更享受与文字交流的感觉。

许多事物的美好都是在让心静下来之后，才能感受到的。比如，今年我重新去学绘画，按照美院老师的要求去观察身边的事物。我走在街头，人头攒动，秋叶萧萧，我居然没观察到特别之处，还是老师与我一起写生——就在武康路的咖啡馆旁，我们摆好画具，他在前面画画——我的心才变得舒服、安静。

顺着他的画，我闻到了桂花的香味，观察到了云朵的流动与变化。秋天的云美好到让人可以原谅一切。之前的我从未认真地看过任何一朵云，总在摇摇欲坠地拼命赶路，无法坐在路边看一棵树，赏一朵云。

我看到新家的对面是一片空地，一些老人在里面开辟了田地，种植蔬菜和花朵。那天下午，阳光洒在我们身上，无比温暖，自在放松。同样美好的植物和自然，自己观察时，感受到了更多的美。

　　一个能坐得久的人和一个随时转身要走的人，看到与感受到的世界，各不相同。他们绝对是两个截然不同的人、两朵云，拥有不同的天空，结交不一样的朋友，获得完全不同的人生。

做好专业的事，就是好好创业

现在的工作已是我的职场天花板，我要么心甘情愿地继续待下去，要么离职去创业，寻找自己擅长的事情来做。我努力去面试过，才发现我已属高龄打工人，面试者都比我年轻；留在现在的公司，就是死气沉沉，毫无生机；做副业的成本更大，我部门就有人因为副业太好被开掉了。现在的我进退两难，是应该去创业还是以稳为主？

◇◇◇

所有的事情，都不存在可以或不可以，只存在冒险或不冒险，是应该去实现还是应该规避。自由职业者不一定自由，职场人也不一定不自在。更多的人在职场里，可他们也会偶尔摸鱼；也有一小部分人没有上班，却一直在工作。这里存在一个误区，许多人以为开公司才是创业，其实把职场的事情做好，尽责尽职，就是一种创业，更是一种修行。

要深刻认识到——不管未来怎样，都要先把本职工作做到无可挑剔，未来才有机会去创业。

我来谈谈自己的创业之路，期待对你有所启发。

盛夏，特别热的一天，见过一个投资人。他说："你写作其实就是一种创业。"我还有些不解。

他继续解释："写作是利用你的业余时间去创作，你很看重它，投入很多精力和时间，一直写写写，这不就是创业吗？写一本书，就是从事一种职业，你的状态和投入度，决定了不同的结果。"

我恍然大悟，极其认可这种解释。我牺牲了几乎所有可以休闲的时间——周末、节假日，包括夜晚，一直在写。每次遇见节日，我都很开心，因为可以有大段时间去创作了，自然也会拒绝任何人的邀约，把自己定位在家附近的咖啡馆里，写写写。

朋友的聚会，同事的请客，闺密来喊我逛街，在写作面前都要靠后。因为我发现应付别人这件事，是做不完的。

写到第十年，我想去写小说，此时已经发现了致命的问题：写小说需要集中注意力，更加专注，内心纯粹、澄明。我就是在这种情况下选择了全职写作者。如果没有之前写那么多散文的积累，我不敢贸然选择做全职写作者。当我来做全职写作者时，我赶紧询问身边的全职作者，却发现她们又重回到职场，走出自己的房间，去上班了。

所以，要先去做好你的专业，才能切换自如。

我的职场一直和出版、图书、媒体紧密相关，我先是在传统媒体当编辑和讲师，又跑到新媒体公司做内容。后又来到出版社做编辑，最后转入电商平台做图书与内容。

一路转换，但因为有内容为中心点来牵引，所以一切都还算平坦。写作就是在帮我积累、传播、抵达，一直在帮我做加法。如果没有认真以对，没有熬夜，没有牺牲的节假日时间，没有大量的阅读，是无法写出好的作品的，也无法有后续的被认可。

二十几岁时我的工作很稳定，每一份都做了五年以上，反而是在三十五岁以后，尝试了许多职业。稳定和不稳定，可能在这两个时间段或年龄段搞反了，但我更感谢三十五岁后的经历。

其实你不要羡慕我，更不要以我为榜样，每个人都有自己的职场路径，都有独特性，不要责难自己，更不要羡慕其他人。每个人都有优秀的一面，只是我们不容易看到自己身上的闪光点，更容易被其他人的闪光点吸引。

更年轻时，我也曾特别迷茫，迷信算命，经常算，背后不过是一颗不敢勇敢的心，面对生活想妥协又不甘心，想抵抗又力不从心。

生龙活虎的人早带着力量，往前奔去了，没有时间算计和计算。留下没有勇气的我自己，算来算去，都是失意。

看梁永安老师新书，会发现他的每段文字看起来简单，却又很传神。

因为里面有生活，有阅历，也有善意。他并非一开始就去创作，或认定写作这条路的。经历了年轻时去云南插队、中年读大学、毕业在复旦大学任教后，又全世界各地任教，在日本和美国都生活过很长一段时间，那他的人生注定与众不同，写出来的文字也充满生机。

写作中最重要的除了天赋之外，还有积累、体验。积累的故事越多，体验得越深刻，写下的文字也会更有生命感。

写作是输出，是结果，比输出重要百倍的其实是输入，是灌溉，是去养护一朵花、一片田的耐心和精力，缺一不可。

写作仿若一棵树，工作、远行，对树木而言都是浇灌。如果想成为全职写作者，可以先去体验生活，之后在某个合适的节点自然而然地成为全职创作者，可能会更好。职场是一个圈，要去破壁，要去走一走才能更直接地戳开内心，才知道是职场更适合还是自由职业者更适合自己。

写作需要足够的阅历来支撑。阅历，就是一个人对生活的全部理解。有些路，不去亲自走一趟，感受一番，真的不知其中滋味，无法做到共情，写出来的文字就很难共鸣。

在新旧媒体的交替之间，我总是能看到自己上一份工作的局限。有时会假设，之前的自己如果有了后面的智慧，一定会少走弯路，处理好所有的争端与不满。但我永远无法跨越时间去完美一个结果，我只能在遥远的未来，感慨与遗憾。

同时也很庆幸，感谢奔波和交替，让我从不同的方面来看待文学、内容、创作、生活，梳理我的内心，确定要走的路。

换工作，不仅仅是从一个鸟笼飞到另一个鸟笼，更多的还是会让我们从不同角度来看自己，看世界。

如果一开始就急于去做全职作者，会少许多人间烟火的精彩体验。沉在最真实的生活里，活在最能感受人生的地方，自然保留许多故事，许多感慨。

很多朋友来找我探讨学习写作的问题时，会很直接地问："怎样出版一本书？"只是为了出书而出书，太过苍白，也太直接。

写作的生命周期很长，适合长期投入来做，我愈来愈认为每个人都要来试着学习写作，它是我们学会表达、学会沟通的基础。

这个世界唯有真情流露的东西、人与人温暖的情感才最可贵。

写作不是一蹴而就的，怎样让笔下的文字富有生命力，生动地记录一个个文学时刻，对写作者来说是考验，更是智慧的显现。没有真实的经历，没有真情的付出，没有善意的投入，是写不好故事的。

创业也是如此，我深以为然。

漫长的旅途，我们需要被看见

张莉老师说："当越来越多的女性拿起笔，当越来越多的普通女性写下她们的日常所见和所得，那是真正的女性写作之光，那是真正的女性散文写作的崛起。"想问问你，我们想写自己的故事,如何提笔？应该在什么时候开始写作？毕竟白天需要工作。

◇◇◇

我一直记得你的心里有一个创作的梦。我的世界因为有许多类似你这样的喜欢文学、喜欢艺术的女孩，也逐渐浪漫且明朗起来。

若不是因为你们一直支持我，鼓励我，可能我也会半途而废。

写作，这漫长的旅途，我们需要被看见，被认可。

若你问我："写作应该在什么时候开始提笔？"

其实永远没有准备好的那一刻，时时刻刻可以开始，只要你有冲动，想去写就去写，不要迟疑，也不要等待。写作，一旦沉浸，会发现许多乐趣，有记录的踏实感也有进步的满足感。白天工作，晚上写作，灵感更好。

若你问我："写作中最难的事情是什么？"

我认为抛开坚持、积累不算，写作里最难的事情应该是开始敲下第一行字的时候，以及结束的时刻。还有当下的你，认为这就是自己这个时候的创作高度，你很难再超越，你愿意臣服，却无比确定的时刻。当这个时刻没有来到时，我相信任何人都停不下手中的笔，会一改再改。

我相信每位写作者的回收站里都藏着无数个文档，里面有无数个故事的开头，但都不满意，一再抛弃，一再删除。

刚刚开始写的时候，人是最容易喜悦的——写作门槛低，许多人都以为自己是有写作的天赋的，洋洋洒洒写了几千字，沾沾自喜。但继续写下去，会发现原来写作需要延续性，灵感好像一下子被之前写的那几千字耗尽了。

尤其是写一本书——书的分类很细致，小说、散文、诗歌……有着严苛的标准——要主题鲜明，构架有逻辑，语言要优美，还要经过市场的检测。

过程可以散漫，结果一定要集中。很多人都卡在只能写一个不错的开头，下面一堆看似完美的金句，其实潦草结尾，虎头蛇尾。

记住，写作需要长期主义的耐心，更需要持续不断的灵感。

创作，考验的是一个人能不能从日常中记录文学时刻，发现生活的美——特别细节，特别生动，也特别容易被忽略的美。

创作第一本书是最难的，经常有人说要写出自己的风格，有些作者从一开始就拥有强烈的自我风格，有些作者写了十年才逐渐明白自己的使命。

而风格的展现并不是一成不变的。

我们看任何一位作家的作品，每个时期因为阅历、现实不同，都会呈现不一样的故事。风格不是追求来的，一定是写出来的，积累出来的，如同一粒种子，被埋在地下，感受温度和雨水的力量，破土，发芽，成长，最终成为植物的模样。一步都不能少，一点也不能错。我一直觉得写作跟耕种很像，写作者要有耐心、韧性，更要有陪一棵树、一粒种子长大的决心和谦和。

除了开头，写作者更要重视结尾的时刻。写作跟绘画一样，很难结束，尤其是完美主义者，会认为自己的画作永远有可以提升的空间，永远少了一笔，永远没有那么完美。

停，是一种技巧，也是一种智慧，需要经验的支撑，也需要时间的积累，缺一不可。

当你写到一本书结束、一个故事结束的重要时刻，会很煎熬。尤其是写小说，人物最终的结局是特别大的考验，表面看是故事的走向——是否有反转，是否有金句，是否有惊喜——其实考验的是你对人生的看法，对生活的理解，对自己的接纳，最重要的是你对他人的包容，等等。这些总和，得出一个结果：保持真诚。

如同双雪涛在《白色绵羊里的黑色绵羊》所分享的那样：

> 文学看似跟才华关系最紧密，实则跟"真诚"的关系最大，对自己的记忆真诚，与他人心灵连接的真诚，对自己多年凝结出的对世界的认识真诚。

好的写作者，一定是真诚的分享者，一定是极度利他的分享者。

活着，是打开的过程，写作，是重塑的过程。所以，我非常建议每个人都要提笔开始记录，除了记录日常，记录双眼看到的世界与景象，更要记录内心感受到的精神层面的细节。细节，才是文字中最迷人的地方。

我们很容易忽略细节，因为大脑对细节的记忆没有那么深刻。

一些创作者特别喜欢去看画展，看名画，然后闭上眼睛在脑海中回忆这些名画的笔触、颜色、质感，其实是在锻炼对细节的观察。当然，你也可以去看各种小说的细节描写，并以自己的语言来复述，都可以增强创作者对细节的把握。

我一直有一种执念，认为一个狂傲、不可一世的人，即使有创作者天赋、艺术家的气质，也很难沉淀出好的作品。写作者如果把自己看得太重，写不出共情感；如果把别人看得太重，会失去自我，这中间有个难以拿捏的度。因为写作的过程需要不断地把自己放下，放到角落里，忽视"我"的观点和感受，要具备一种理解别人永远大于理解自己的能力。

内心越澄明、清静，怀有悲悯，怀有谦卑，对生命的感受越深刻，连接越深入，就越能写出好的文字与故事。

最后，特别重要的一点，如果真的想开始写作，就去看一百本经典小说的开头与结尾，或一百部电影的开头与结尾，并把这些创作手法都用心总结下来。当你看完这些小说和电影后，自然而然就会有自己创作的冲动了。珍惜这种冲动情绪的状态和感觉，它是好作品的前提。

一部作品里，没有情绪没有起伏，就没有共鸣，也没有所谓的故事里的灵魂。

当然，写作还有一件更难的事情，那就是一些喜欢空想的人，内心有无数个美好的故事，却从未真正提笔……

第五章

种自己的花，爱自己的宇宙

每个人都有一片属于自己的麦田，我们都
在用尽全力地去守护着它，用生命，用时间，
用爱。

我们要活成自己的山

老板又对我发火了，在众多我的重要客户面前她质问了这样一句话："你不会是个傻子吧，傻子也不应该犯如此低级的错误，你比傻子还笨！"

我的自尊心碎了一地。以前总是忍气吞声，但这次不能再忍了，于是，我提交了辞职报告，离开了那份收入不错却令我无比烦躁的工作。请问，会有人因为老板或上司脾气暴躁就辞职吗？我是独一份吗？

◇◇◇

韩寒在《告白与告别》中写道：

> 比起那些用大嗓门企图压制世界的人，让全世界都安静下来听自己小声说话的人更可畏。

但我们日常的交流，尤其是职场，早已习惯了压制、控制，仿佛谁的声音越大谁就能获得更多的自主权。

我知道你是一个温和的人，其实我也是。我们真的都擅长小心翼翼地呵护着别人，勇于牺牲自己。但许多人都不值得我们如此真心以对，所以会失望，会怀疑。我很理解你，我也走过职场暴力的阶段。每次被PUA（网络流行语，指通过言语打压、摧毁尊严等各种方式使受害者服从于主导者），我都会写下来，书写的过程中已原谅所有人。你也可以去试一试，感受书写的力量。委屈写下的过程，坏情绪莫名溜走了；把快乐写下来的时候，好的心情被记录了。写作就是为了忘却的记忆，也是为了遗忘的治愈。

你这次辞职的原因，表面看是因为老板的暴脾气，其实是如何来面对职场暴力的问题。

我们要接受每个公司都是有鄙视链的。薪酬不一样，工种不一样，老板的重视程度也不同，人心也就有了分别。鄙视链的上游会认为自己是宇宙的中心，下游自然压力大。所以不妨考虑：第一，自己是否已经将工作做到完美，跟职场的要求是否相差太多——工作能力是基础。

还有一点，如果是跟工作能力无关，就是老板个性使然，这个时候千万不能忍气吞声，因为人的气势、能量都会在吞咽委屈的过程中下降，变得毫无信心。

我理解你，我想一定是失望的情绪在你心里积压了许久，一直在叠加，不得缓解，到了某一个峰值你才会突然提了离职。糟糕的情绪一定要及时排解，发泄出来，如果没有妥善处理，它一定还会在某个时刻卷土重来。没有脚踏实地的实力，就无法形成精神的自洽，物质的支撑。

我们都是很善良且谦和的人，牺牲自己时从容不迫，面对他人的咄咄逼人，又会让自己陷入反思：我究竟哪里做错了？没有脾气的谦和者，一步一步退让，一点一点妥协，很容易让自己成为透明人。

多读读《穷查理宝典》，职场本身是一个利益场，特别分明，也特别直接，所以要及时区分情分与本分之间的区别。

不管你在现实中是多么软弱的一个人，我都建议在职场中，在工作中，你要学会强势。

工作中强势，意味着专业性要很强，能量也要最强，也最不容易被人影响。强势，意味着主见，意味着有能力抵抗风险，也有意愿接受成功或失败。人特别软弱时，情绪容易波动，被人影响。无法为工作做主，无法为自己做主，就无法站立起来。

真正的强势不是来势凶猛，而是你能确定自己的价值，肯定自我的价值。

在职场中，委曲求全地做一个好脾气的人，不敢表达，不敢诉求，不敢确定，在我看来远远不如那种活得潇洒、敢于展露自己刺与锋芒的人。

职场中，要学着做"不好惹"的女人，要有自己的个性而不是性格。个性是风格，性格是性情，风格要理性，性情易变。

但"不好惹"要有支撑，或业务能力强大，或有资本对抗，或有智慧傍身，盲目的不好惹更像是装腔作势。

我最心疼的一个女孩，是视频里的一个分享——陆家嘴这边有个被辞掉的女高管，每天都在公司楼下一层对着大堂空气演讲，仔细听，都是她所熟知的金融知识。

她已入魔！

据说女孩也是家境也好、活得体面之人，没有抗住职场暴力，气愤到疯癫。实属不值！

请你适当地缓和且放过自己，不要陷入钻牛角尖的怪圈中，更不能把问题揽在自己身上，左思右想，左右对比，会没有答案的。

所有暴力，尤其是职场暴力，几乎都是想掌控你的人给予你的一种示威，表达一种你必须听我的威严感。

不必挂在心上，不必接受也不必反驳。想逃离就逃离，想结束就结束，无须继续承受这种折磨。如果是我，可能早已逃掉。

许多压力我都可以暗自承受，但与暴脾气的人合作，我无法忍受低气压。

你问我有没有被生活欺负过。当然，有时是老板，有时是同事，有时是邻居，更多的时候自己也会习惯性地欺负自己。

但这个世界如果我们不注意保护自己，别人就会伤害你。

人都是自私的，只会选择对自己更好的那一面。所以我想成为更强大的人，拥有更多自主选择的权力。在为难时，我能退一步；在需要保护他人时，我能前进一步。

不同的环境，人的性格会有不同的变化，一人千面。对你脾气暴烈的人，可能在他人面前和蔼可亲；待你一面如旧的人，并不一定是其他人的伯乐。

工作十五年后，什么样的老板以及合作者好像都遇见过。但最近几次创业者大会，让我深刻地认识到一点：当一个人弱小的时候，身边欺负你的人最多，而当一个人越来越强大，身边反而流动着更多的理解与帮助。这里的强大指的是一个人的工作能力、认知、责任感的共同提升。

我看到自己初入职场时那些气焰嚣张的合作者，在十年后经受种种毒打，垂下头，卑躬屈膝，我的内心没有快乐，只有感慨与理解。没有谁会一直占据风口，没有谁会一直掌握话语权，也没有谁可以一直站在山顶之上。

我们要活成自己的山，有自己山的骨气，山的风气，山的高度。

我曾在互联网某大团长下面做图书负责人，她脾气火暴，对图文的要求都极高，若有一点差错我就会被骂，但我心中并没有任何不服气。

毕业后，职场中老板和上司是最好的老师，要积极去应对，而不是局限自己。

我们千万不要把自己局限在打工者或创业者的身份上，其实每个人都是学习者、生活者。

人生不是轨道，它其实是旷野。目的地不要单一，就可以活得丰富。

后面我创业，渐渐意识到，真的要学会转变思维。我在不停地面见很多创业成功、创业失败的朋友后，得出结论：以对你要求最严格的老板的标准来要求自己，去完成，去抵达，那么，一定能成事。

比如，创业后我去尝试了许多自己不敢做的事——去接触比自己能量能力都要强大许多的人，去挑战系列直播，对接品牌，跟自己觉得相处起来麻烦的人去见面……这些都是之前老板会要求我去做而我极力抗拒的事情，现在却能做到积极应对。我想应该是心态转变了，我成熟了。

生活也好，工作也罢，都是很细节的东西。细节就意味着细致、细碎。他人没办法全然地理解你，支持你，因为一旦你沉入这种细节中，旁观者心思再细腻，也无法完全地了解你的感受。

你就是最好的执行者、认可者、投入者，更是完美的生活家、体验者。

在这个内卷且焦虑的时代，丰富自己的角色，比提升自己的认知更重要。爱你的人生和时间，比服从他人的安排更重要。

人生海海，岁月漫长

我昨晚参加了一场聚会，跟几个朋友拍了合影，结束后我发现朋友发朋友圈时，巧妙地把照片上的我裁掉了。那一刻，悲从心中而来。

为了这次聚会，我特意坐车走了四个小时，还给朋友带了礼物。这张照片刺痛了我，它让我意识到，在她们心中我并没有那么重要，在这个朋友圈中我并没有存在的价值。

当然，或许是我的理解过于狭隘吗?

◇◇◇

我特别理解你，因为我也有被人剪掉的时刻，许多次；我也有过被恶意伤害的时刻，许多次。

我也愤怒过，悲伤过，但最终还是原谅了所有，与自己和解了。一个人成熟的标识，是他不再对任何人有期待地去爱，去相处。

记得一次去录制节目，出发前和编导打电话交流两个小时，结果这位被我感动到哭的编导转而把我想的主题，送给了某咖位比我要高太多的脱口秀演员。我本可以通过认识的朋友提醒那位脱口秀演员，不要强占我的创意，但最终我选择放弃了节目，以示抗议。

虽然抗议无效，我的不参与并不能改变什么，但至少表明自己的态度。

还有一次做访谈专栏，去采访一位服装设计师，她曾是主持人，我很仰慕她、偏爱她，特意为她的品牌都申请了露出的端口。采访她的过程中，摄影师为我们拍了许多照片、视频。

而后，在她的朋友圈，我看到我们合影的照片，我的身影被剪到只剩下一个小小的模糊的角落，几乎可以用不在场来定义。我的心中自然也会有失望。但我还是发了全部的合影，我在照片里，认真地采访，快乐地欢笑。

类似这样被忽略的沮丧的时刻，每个人真的有很多。有时是职场，有时是亲人，有时是朋友，有时是陌生人。

每当我觉得疲惫、走不动路时，我都会拿出这些遭遇来，将委屈晒一晒阳光，继续往前走去。

我的合作伙伴为了宽慰我，会直接说："小姐姐，不要在意，只要能赚钱，我们做什么都可以。"

可我是我自己，我的感受自己体会最深刻。我是我自己，我要为自己的尊严负责。

有些东西丢了就是丢了，但自尊要靠自己捡起来。于是，我弯下腰，把碎了一地的自尊心拼好，把它放在我的心上，继续往前走去。

当然，我们经历种种不愉快、种种委屈，不是为了感受失落，酝酿敌意，而是为了提醒自己——从此以后，不要成为那样的人，不要去做那样的事，并不是所有合作伙伴都值得我们真情流露，真心以对。

从此以后，我要更克制、内敛地去建立与他人的边界感，要更尊重和保护自己的创意。如同一位作家所写的那句话："有时候你要感谢那些毫不顾忌你的人，遇人不淑，放手就是进步，越是苦苦纠缠就越是罪孽深重。当你转身，留下的是背影，面向的却是大海和星辰。"

弱小时，好好爱自己，强大以后，多去帮助、照顾别人。

努力的价值并不仅仅是为了让自己更好，而应该是让我们看到人性的多面、复杂，去成为拥有"弱德之美"的人，且有能力去帮助他人。

我从不在意朋友拥有什么，也不在意他的身份，只要他是一个高尚的人，就值得我去书写，去驻足，去交流。

成年人必须习惯被冷落，被忽视，甚至被伤害。

我坚信，不管多么光鲜亮丽的人都有过至暗时刻。但决定我们不同的，却是每个人走出的姿态的不一样。

把成人的世界想象成一个名利场，我们都是其中的演员。白天，在陌生的剧场遇见，晚上，每个人都要回到自己孤独的房间。这么想，是不是觉得照片上存在谁，已经没有那么重要了？剧场会散，情谊会散，一切会结束。

可以往更深远的方向去想一想：一切都会结束、散场，花期太短，珍惜太难。

这几天，我被邀请参加了GUCCI（古驰）102岁的展览，展览华丽、华美、隆重，美到每个细节都透着光。尤其是第二个场景，高大的落地玻璃，梦幻的蓝色折射其中，时间错落有致，每个时间段都藏着一个魔盒，魔盒就在蓝色的抽屉里，我走在其间，想拉开所有的抽屉，里面都有惊喜。第三个场景是黑暗的场景，黑色与红色交错，空间被不断打开、收拢，各个年代最著名的设计师，最著名的作品，一件件被展现……

我看了三次，每次的收获都不相同，但每次都有震撼、惊喜。人的想象力无穷尽，展示美的方式更是巧夺天工。最后展览撤展的时候，我特意再次去欣赏，此时已人去楼空，美丽的雕塑要被拉往其他的国家去展览。

美好的事物，终有离别。奢华的影像，留给了我梦的印迹。这么隆重的场景，说散就散，历史的长河中，风景、建筑，无不像海市蜃楼，极易破败，更何况人与人的情感，更易风雨飘摇。

不管多么美好的人，都绕不开人性的幽暗黑洞，都要在这里泅渡，并觅得光明。如果寻觅不到，失望加深，便是绝望。

感性且容易感怀的我们，都需要一个人来照亮，而那个人，只能是自己！

我们也只能依靠自己。

我们必须强大，各个方面都要强大起来，才能走出"受伤者"的怪圈。你不会什么都拥有，但也不会什么都失去。

成熟的人，会选择把别人的能量还给他们，随他而去，把自己的能量还给自己，回归到本心深处，独自长大。我们要适当地原谅别人，更要果断地放过自己。

一些人的利己思路是把一切留给自己，不对他者付出，误以为如此便能攒出幸福。而幸福却是在给付的过程中，逐渐获得，逐渐增值的。

爱是可以流通的，这条定理于万物都是如此。

人生海海，岁月漫长，当生活困顿、一直得不到成绩时，不妨把结果先放一放，先把拥有的东西送一送，送给亲人朋友，送给陌生人，送给有缘人。

自私自恋的人，都会活得冰冷、怨气重重；无私付出的人，却充满了温暖和快乐。我们都不是孤岛，融于天地的人，会获取宇宙之间真正的力量来支撑。

在华丽的名利场里，我们没有迷失，还可以为他者鼓掌、付出，如此想来，也是一种利他与大度。

每个人都有一片属于自己的麦田

最近失业了，从一个光鲜的岗位（某知名杂志社副主编）辞职了。我的状态还好，正要好好休息一下，却发现我的男朋友比我低落得多，甚至对我拒而不见。他是因为我光鲜亮丽的身份而选择与我在一起，可那份光鲜褪去，我无法再吸引他，只好选择了分手。

痛定思痛，我还是想来问你，他爱的是我的身份吗？一个人爱的价值是什么？

◇◇◇

此时正值秋天，天气渐渐变冷，人也开始变得更加冷静，分手的人似乎格外多一些。

分手并不是坏事，虽然我们会痛苦，但也会认识到什么样的人真正适合自己，什么样的人真的不适合。

它也可以让你认识到自己究竟是怎样的一个人，尤其是特别年轻的时候，阅历不深。

真的要感谢失恋带来的痛苦，它会锤炼一个人。

我很难判断他爱的是不是你的身份，但应该是你的辞职带给了他压力——这种压力，可能是经济上的困扰，可能是对他内心的冲撞。你不要再把目光聚焦在他怎么想这件事上，在爱情中，切忌猜测。一段感情中，一个人只愿意接纳轻松的爱与生活，稍微严肃或沉重一点的经历便如临大敌，心态崩塌，这样的男人没有探讨的必要啊！你应该多关注，你需要什么样的男人以及什么样的工作，后者比前者重要百倍。

不舍得男人的时候，请重温电影《甜蜜蜜》的经典片段——

豹哥对李翘说："傻女，回去泡个热水澡，睡个好觉，明天早上起来满街都是男人，个个都比豹哥好！"

真的感谢那些失落的，黑暗的，潦草的时刻，破除了情感对我的控制。

我坚信一个女孩要有三次成长，一次是破除得到的执念，一次是破除情感对自己的控制，最后是打破欲望对自己的控制。三次打破后，她才可以跟自己和谐相处，获得真正的成长。

现在的我，再来看从前的爱情，很怀念过去的纯真以及不惜一切代价去爱一个人的状态。当然，那个时候之所以能不惜一切，是因为自己拥有的并不多，所以也敢破坏一切。我们要学会分辨，他人口中的不顾一切的一切，究竟有多少。当一些人信誓旦旦地说"我愿拿一切爱你"的时候，可能他的一切并不多，他最大的筹码是自己廉价的情感，以及多变的情绪。

要清醒，也要记得及时远离这样不顾一切的人。

人与人的连接——尤其是爱情——是去爱一个人的本质，而不是其表面。如果爱表面，必然是去爱随时改变的东西。我们能看到的东西都是有限的，极其有限；我们能认识到的事物，也很有限。无限藏在我们肉眼看不到也看不懂的地方。要去爱一个人血肉之外的精神世界，要去完整地了解他，爱一个具体的人，而不是想象中的人。

一个人如果爱的是另一个人的身份，那他注定会失望。因为这一生，我们的工作会变化，年龄会变化，际遇会变化，身份也会随之改变。

还有一件事，非常值得确认，那就是：什么是成功者？

一个人敢于跟世界去较量，且没有败下阵来，他在自己的战场一直坚持，那他在我心中就是成功者。这与身份无关。

我也被裁员过，不要在意他人的眼光。我倒觉得你要开始去寻找自己的价值，以及新的定位。

身边的人，最近失业的很多，与优秀无关。失业的原因不一而足：可能是年龄，人到中年，精力大不如从前；可能是行业的变革，发展前景不明朗，导致我们要去重新寻找新的可能性。

失业改变了许多人的生活。雪野，复旦大学的才子，在上海打拼了十五年也要离开，前往云南生活。他走之前我与他交流了许久。刚失业时，他也很伤感，为此他开始旅行。在路上，他被治愈，发现了另一种生活美学，买了一大堆中国传统文化的手工艺产品。他说："如果有人能重新设计，提升器具的审美，用生活美学重新赋予它意义，它们一定会有新的生机。"于是他投身去做了这件事。穿越敦煌的银器之城，穿越贵州的香囊之地，走到三亚的民宿聚集地……

他可能会失败，也可能会成功，但结局已经不重要了。

定义不一样，结果也千差万别。只要有勇气往下走，就是最大的价值。

雪野老师到东北旅行，看到松花江边有人在开垦田地，一大片大一片地开垦。其中，一位白雪满头的女人正在开垦的一块地，在距离江边最近的地方，只要江稍微涨潮，一定会被淹没。但她依然早出晚归地开垦。

他问她："不害怕松花江淹没自己好不容易开垦好的农田吗？"

她回答，怕，可谁的生活不是危险之地呢？不能因为它危险我就放弃。开垦好了，我种上菜，一家人就有菜吃了，多余的菜还可以拿去卖钱。卖了钱，就给小外孙女买玩具，她就会很开心。这就是我的价值。如果我提供不了这个价值，她就会不喜欢我了。人老了，我还有什么价值可以提供？我只有种菜，这是唯一我能做的事情。

说到这里，她有些落寞。

雪野老师安慰她："不会的，你和小外孙女最重要的是感情，是血肉亲情。"

得到这样的肯定与安慰，老人突然开心起来："对，其实我最亲的人就是女儿和外孙女。她们关心我。"

她继续埋头干活，偶尔也会坐在江边发呆，也会担心松花江涨潮淹掉自己的土地。

雪野老师和老人的对话，让想起一本书——《麦田里的守望者》。每个人都有一片属于自己的麦田，我们都在用尽全力地去守护着它，用生命，用时间，用爱。

我们都在寻找价值，值得不值得去做，值得不值得去爱，我们一直在选择，一直在纠结。但我们也一直在成长，一直在按照自己想要的一切去编织，去创造。

不管怎样，我都期待你肯定自己的价值，肯定你的拥有。

人生需要臣服，臣服就是不以自己的喜好，甚至不以自己的头脑来判断生命的走向，不管是逆境还是顺境，你都能全然去接纳，顺应命运本身带给我们的考验。

去经历，去抵达，允许一切发生，活出你本来的模样。

种自己的花，爱自己的宇宙

好久不见，我现在正尝试过另一种生活，辞掉现有的工作，开始旅居。我把去过的地方认真地拍照，分享，不仅收获了有趣的读者，还收获了特别好的工作。

但我把自己的故事分享给最好的朋友，没有被祝福，却感觉到了她的嫉妒，她对我说期待我不要再秀生活给她看了。

我很珍惜这个朋友，她是我的大学同学。现在的我很羡慕小孩子，自然而然地就成为朋友，不像我，仿佛已经失去了结交朋友的能力。想问问你，你也会嫉妒一个人吗？

◇◇◇

我也曾嫉妒过别人，现在每当嫉妒心起，自己能立刻发现、辨别、归正。但之前自己是察觉不到嫉妒心的，会把双手指向被羡慕的那个人，把问题归向他人。现在已有不同，更多会把问题抛向自己，归拢和修正自己的心。

朋友之间最珍贵的，是相爱、欢笑、觉悟的连接。

我要保持警惕性，禁止自己陷入嫉妒、不满或愤怒里。

嫉妒，其实是失败者的愤怒。人们更容易嫉妒身边人的飞黄腾达，感受自卑与恐慌，关系越亲密，嫉妒越强烈。一旦身旁的朋友过得比自己好，我们会认为他只是运气好，忽视了他背后的努力。

我记得刚开始在北京工作，有个同事叫慢慢——现在想想那段情谊真的美好。她住在豪华小区的顶楼，我住她隔壁小区的地下室，她每天开着豪车去上班，我有时公交有时地铁，但这依然不妨碍我们成为一到晚上就会打电话的朋友，彼此叽叽喳喳地分享年轻人那种不能算心事的小心思。我们喜欢约着周末去图书馆看书，她喜欢看历史，我喜欢看文学，看完后彼此还要分享，特别有仪式感。

但这段友情也有危机，我记得她母亲很喜欢我，赞美我做事认真，让她向我学习。她不服气地接了一句："贫穷且有志气。"

现在，他人任何评价都无法打倒我。可当时的我弱小且敏感，自尊心极强，为她那句"贫穷且有志气"的话莫名伤感，这句话伤害到真正贫穷的我，这才是最可悲的。

她看到我不开心，邀请我陪她去旅行，我看着高昂的机票，沉默了。

她说："我说好了，请你去旅行。"

我连连拒绝，流着泪从她的世界里逃跑了。不管她怎么联系我，我都没有再接过她的电话。

直到今日，我依然很怀念她，怀念跟她晚上互相打气互相安慰，互相探讨未来的美好时光，虽然我们的未来不可能再有交集。

现在任何一个女孩，我都无法有那么多话想去跟她交流。那时真的是很好奇她的世界，羡慕她的拥有，嫉妒她的才华，所以心甘情愿地为她付出。

我现在真的无法羡慕任何人，当一个人精神富足，越来越自洽，越来越自信时，就越来越难以臣服于一个人，一段友情，或是一份工作。

我一直懊悔不已，丢掉了那么好的一个朋友，已无法从人海中将她拣出来。

如果那个时候我读过《我的天才女友》，我可能会对友情的理解更为深刻，也更为敬畏，就会少许多离别、嫉妒，多一些包容和体贴。

在《我的天才女友》中，埃莱娜和莉拉之间从来不是简单的一团和气，她们是朋友、同盟，更是假想敌和竞争对手。她们能够彼此理解，但也存在着微妙的嫉妒和角力。

任何一段友情所会有的矛盾和甜蜜，都在这两个女孩的故事里，被体现得深刻淋漓。在她们错综复杂的情感关系中，我学会了自省，学会了如何理解女性朋友，以及开掘我内在的可能性，让我成为别人更好的闺密。

年轻时，会更愿意尊重自己的感受，但那个时候看问题特别片面，自己的悲喜永远是判断的标准。成长后，才懂得衡量他人的感受，尊重他人情绪的起伏。

自我的脆弱、单一和自卑，是我年轻时最大的硬伤，虽然不是嫉妒，但那种行为比嫉妒还要直截了当。一言不合就会逃跑的荒唐模样，一声不吭的拒绝姿态，都发生在我的少女时代。

现在想来，既惭愧，又好笑。

从北京到上海，从上海到纽约、东京，我认识了许多特别的女孩，也有过深深浅浅的友情。但我依然怀念与慢慢的友情，可能是他们一家人的和气温暖了当时在外漂泊的我，让我感受到了被接纳的善意。

我无力回到那个时刻，告诉自己要大度要付出，更不要计较不要自卑，我只能把这种感受放在心里，对往后的友情好一点，再好一些。

今日，我会对那些漂泊在外、闯荡的女孩充满钦佩，无来由地有好感，因为她们代表了我过去的某个阶段，勇敢且敏感，无畏且坦荡。

现在的影视剧喜欢拍 girls help girls（女孩帮助女孩）的情节，女孩互相帮助，无条件地爱着对方，欣赏着彼此。但我依然认为，女孩与女孩之间，无法避免相互"雌竞"的一面，也有着复杂性。

女孩与女孩之间的友谊不会完美到毫无瑕疵，牢不可破，而是在矛盾中看到彼此也有着差异，终有缝隙。

你最爱的女朋友跟你最爱的男朋友一样，有主见，有吸引力，也有着她的独特和让你又爱又恨的地方。

我从不会因为别人的一句话而否定他，漫长的成长路上，多给身边的朋友一些机会，让他展示更多面给你来看。多想想他们精彩的一面，温暖的片刻，让你感动的一瞬间，以这些为基础去爱，去接纳，去连接。

我不是没有讨厌过谁，我只是孤独地走过了一条很长且黑暗的路以后，很容易就能原谅别人，很容易就可以站在路边为他人鼓掌了。

人与人之间的友情，是很脆弱的，也很容易结束，那些隐秘的心思是正常且普通的存在。没有人天生就应该对我们好，但我们可以善待自己，种自己的花，爱自己的宇宙。在漫长的人生路上，我们摆正自己，摆正心态，切莫让怀璧其罪伤到情怀。

那些嫉妒过你的、你嫉妒过的朋友，那些伤害过你的、你也无意中伤害过的人，彼此都靠近过，也都以相似的速率在成长，他们都会成为你人生的坐标、隐秘的参考，如同海岸线上的灯火，不需要打招呼，就能知道彼此灯火明暗。

我经常送身边的人各种礼物，大部分是书籍，有时是衣服，还有一次是新买的家具。

爱出者爱返，一直在送，所以一直在收到新的礼物。爱和所有的东西一样，需要流动。

我想，如果再给我一次遇见知己的机会，我一定会放下对他们的要求，把更多需要提升的时刻留给我自己。着眼于内心，朴素而踏实地生活。

认识自己是一切智慧的开端

我很看重的一个下属，也是我经常赞美的一个人，提出了离职。她身上有一种年轻的朝气和快乐，我很欣赏。我一直不算太快乐，总想靠近快乐的人。

我虽然签了同意，但也为她担忧。我先承认，自己其实很擅长赞美身边的人，哪怕他们真的没有那么好，我也会朝着积极的方向去赞美。但不止一个人在外面跌了跟头，来找我诉苦。我想自己应该是无形之中捧杀了他们吧？

◇◇◇

你的来信虽然是在聊工作，但其实聊的是你和同事的感情。

你的下属是多么幸运的人啊，遇见一个愿意不断赞美自己的人！当下一个热门话题是"如何积极应对上司的PUA"，突然遇见你这样一直"捧杀"的人，他们可能真的有点不习惯。（笑）

我想，捧杀者，多半是无心之举，遇人多说赞美之词，应该是人之常情。

被捧杀的人，反而要反思，是不是过于认真地倾听了太多外界的声音而失去了对自我的判断。

我也曾捧杀过一个年轻人，如果他没有来找我，我自己一直不知曾"误杀"过他。

之前在某公众号做主管，有位小伙伴辞职了，三个月后来找我，和我进行过一次深度的交流。

新的单位他并不如意，每当他做好一件事新的主编总是会提出不同的建议，修改后，主编会继续让他修改，这让他很有挫败感，认识到自己才华有限。

但同时他的心又有所不甘，因为回忆跟着我一起做事时，无论他做任何事，我从不吝啬赞美，从不批评，会让他有种沾沾自喜的感觉。慢慢地，他觉得自己好像到了天花板，不得不离开去寻找更好的突破，因为他觉得跟着我学不到东西了。但他突破自己后，发现外面的世界还不如我可以给予他的能量更多。

他问我："当年你对我的那些赞美都是真心且真诚的评价吗？"

对这句话，我有些伤感，不知所措。我停顿了许久，回答："的确是真诚的评价，但多少有些捧杀。我能看到你身上许多要提升的点，但我还是选择了积极赞美你的闪光点，忽略或不提你做得不好的那些事。"

他有些感动地说："从这一刻起，你才算是我真正的朋友，谢谢你。"

这次见面让我明白，工作中的"好好说话"是用对的、好的语言沟通。那些"善意谎言"的评价，从一个人口中到另一个人口中，可能已经经过了不同认同、不同身份的折射，夹杂着想象，最后汇总到一个人身上，早已面目全非。

认识自己是一切智慧的开端，不管外界的评价如何，都要有自己的判断，要知道什么是量力而行，自己的力有几分是力气，几分是运气。

在浦东举行线下活动时，遇见了之前一起写作十年的老朋友M，她现在忙于本职工作，几乎已经放弃了写作。每次我出新书，M都要来找我聊一会儿。一次，她说自己羡慕我。

可她不知道，之前她是我最羡慕的人。

微博盛行时，M有许多粉丝，编辑们都爱赞美她，都想与她合作一本书。

站在M身旁，我深知编辑的许多言辞都夸大了她的能力，总想劝她虚心，垂下头认真听。M却认为是我在嫉妒她，她欣然接受编辑的礼物与赞美，后面愈发张狂，卖粉丝衣服，与读者开撕，怼人毫不客气，从不退让。她的好运气终于耗尽，即将上市的书也因为抄袭风波被中止了合作。

她不屑一顾地表示，她是天生的作家，即使暂时跳去其他行业，待她归来时写作圈也一直会有她的一席之地。因为她坚信自己的影响力，坚信自己的不会输，即使那件事对她的打击特别大。

但互联网是有记忆的。

请牢记：一个人无比张狂时，一定是毁灭时，或暴风雨来临之前。

世事无常，且变化又太快。其实每个圈子都很小，一旦破坏形象，就很难恢复如初。市场是个无情的机器，一直在选择着合适且配合的写作者。微博式微，微信公众号兴起，一批编辑转行，新的年轻的编辑上场，大家都在各种选择中换了战场也换了新的赛道。市场已不再给她机会当作者。

她后来曾从北京到上海出差，约我见面。

"他们捧杀了我，娜。"她说，"但我当时也太宠爱自己。我有时候会恨自己，这些年很坎坷，高估了自己的实力。总以为自己能完成许多事，可以活得更完美，但终不能如愿以偿，做了一些投资也失败了。我最大的缺点在于，无法听不顺耳的话。"

"不必恨，再给时间一些时间，再给自己一些思考。重新去建立生命的秩序感。"我安慰她。

散场的时候，愚园路依然灯火通明，她买了几盏颇有格调的灯，也送了我一盏灯。

她说自己还是喜欢带来闪耀的、明亮的物品。

人的一生一直背着两个口袋，一个口袋在胸前，一个口袋在背后。

前面的口袋装满了赞美，后面的口袋是沉甸甸的批评。赞美在胸前发光发热，批评在后面被视而不见。

回到家，我点亮那盏灯，它透着朦胧的微黄的光芒，让人看不清光明与黑暗的边界。

人生真的是一场满是较量的旅程，升升落落，起起伏伏，高处的时候看不见下面的风景，处于下坡时，悔当初没有珍惜。

树木希林在《如此珍贵的我》里追忆这一生，写自己当演员，习惯性地一直将自己处于危险之中，让自己活得很警惕，警惕他人是否在捧杀自己，警惕工作是不是没有拿出全部的力量。

她以可怕的观察力洞察人心，看透一切。当一只眼睛失去视力时，她说："这样正好。我以前能看到的东西太多，这样还能稍微轻松一点。"她生了癌症，但一直坚持工作，说活着的每一天不能偷工减料，演戏更是如此。

捧杀类似敷衍，一旦你认真，敷衍就浮夸。

生命最美的状态无外乎——人静、物简、心安。

认真的人最可贵，但认真要有方向，要有屏蔽他人不是真的赞美自己的能力。

被捧杀的人，终究是对世界过于较真，而一直用美言捧杀别人的人，却都活得有些无心。

可生活不是滤镜，我们终究都要拿掉美颜，真实以对。

　　刚刚好，意味着没有那么用力、那么完美，也没有那么匆忙、那么笨拙。这样的状态需要成熟、阅历的支撑。

心中长出来的力量

有一个很好的好朋友，也是一个行业的同行者，合作的过程中她喜欢把一切都丢给我，让我去完成，待我快要完成的时候，她就会出现，去邀功。

最初，我认为我们是朋友，我在做应该做的事情。可是，我一次次妥协和退让，换来的是她的得寸进尺。尤其是这次，她要晋升店长了，我再也不能忍了。类似的委屈让我压抑的心很沉重，我一遍遍反思，是不是自己的问题？

◇◇◇

感觉到了你的委屈与愤怒，职场上经常会有类似的事情发生。大家好像达成了一种共识：一个人做得越多，错得越多。但如果都逃避做事，那受损的其实是每个人。

虽说人要学会无私奉献，但看来信她明显已经践踏了你的边界，让你不舒服了。既然确定不是自己的问题，就用合理的方式去找对方交流一下。

好奇怪，有时候和好朋友一起工作，反而是边界感最模糊的时候。我们以为对方不在意，却已经把他们逼到了几乎放弃的境地。这也是和好朋友一起创业的大忌。

近些年，身边好几对联合创业的朋友们，渐渐都分道扬镳了，有时是因为利益不公，有时是分工不明确，有时是因为选择了不同的城市。大家明明都是很好的人，合作起来却问题多多，无法解决。所以，要记得和你这位朋友深刻地交流，也认真听听她的想法。所有的事情一定是和气生财，而所有关系的戛然而止，都源于沟通不到位。

如果你有勇气撑住它，并能把事情做好，王冠其实已经戴在你头上了。

一个人做事的过程，就是给自己的灵魂塑形的过程，投入，持续地投入，会改变一个人的容颜与内心。但以负面的姿态投入，会摧毁一个人。这个世界上最可怕的力量，是从内心生出的怨念，很执着的怨念。

见到书友娟，她从武汉出差来上海，我们一起聚餐。攀谈的时候她说了一句话："人走在地上，能量是由大地的力量来决定的。"这句话，我很喜欢。

她分享了一个很特别的故事。

她小时候是很好看的女孩，学习成绩又好，经常被人赞美。但她从不在意别人的赞美，因为她妈妈常说，自己的世界要用双手建造，要永远信奉一句话：比他人多做一点，多走一点，就能收获更多。

"这些多走的路，多付出的爱与努力，其实是大地的力量，特别坚实、坚定，它会完全地属于自己，拥有这种力量的时刻，很踏实。"她说。

但大家却偏偏认为，她获得的成绩是因为长得漂亮。因为长得漂亮，语文老师喜欢，所以作文得了高分；因为长得漂亮，被众多追求者喜欢，所以嫁给了样貌和财富双全的男人。

娟一开始会据理力争，后面逐渐放下，不再苛求他人理解真正的自己。不管你怎样努力，呈现怎样的实诚，都有人会误解、否定、不认同。改变他们负面的观念，比做好自己难太多。

"做事更容易，"娟说，"做事的过程就是把自己交出去。不要埋怨自己承受得更多，锤炼的过程中，收获肯定也更多。"

无须担心别人会把你的功劳抢走，真正的收获是抢不走的。你周围的人都是见证者，他人很难轻易地拿走功劳。

工作中，你不仅要多做事，拥有持续学习的能力，更要学会加强汇报，以好学者的姿态去跟领导多多交流，交流问题的深度，会展示你的专业和思考。

我见过太多闷头苦干的人——包括我在内——不会汇报，只会做活，功劳很容易被人抢走，一开始肯定会委屈满腹。

很喜欢鲁米《万物生而有翼》里的一句诗歌：

不要和每一个人关系密切，而要成为每一个人。当你变成那么多人，你就什么也不是。

在给人打工或与人合作的过程中，人很容易忘记自己是谁。

认识一个某购物平台的经理，曾风光一时，性格暴裂，特别喜欢得寸进尺。合作商为了卖货，不约而同地捧着他，他很享受这种感觉，沟通的时候越来越凶，并美其名曰："显得有个性，让他人听话。"后来他流量越来越小，合作的供货商也不再供着他，把他重重地从高处摔下来。

太疼了，他顿时清醒，特意找人逐一交流，还找到那些曾被他怒吼的人去道歉。后悔无用，道歉也无用，再也回不到当初。

最后一日，我们都去陆家嘴，帮他整理东西，陪他解散公司。

他看到黄浦江还是那么美，夕阳落在金融街依然闪烁华贵的光芒，最后说道："我曾辉煌就足够！"

自媒体时代，流量一直在变化，有时关注的人多，有时关注的人少。在参差不齐的时候，更要站稳，要与大地建立一种情感的连接。

人在得到最多时更要保持清醒，切忌狂傲，不然跌倒时无人同情。

大地的力量，就是脚踏实地的力量，一种让人心安的执行力以及获得的满足感。它要从我们身心中生长出来，谁也拔不去，谁也夺不走。

生活不曾打败我

　　你上次来信说自己已经毕业十五年了，你会怀念大学同学吗？他们中间有没有你很羡慕的人？可以分享你理想的生活状态是什么样的吗？我也想念大学同学，但这是一个不流行聚会的年代。

　　有时，我会觉得他们和我共度的那个时空并不存在。如果有，应该是另一个平行空间的我在那边生活。多想在那个空间，多停留一会儿。

◇◇◇

　　我曾经羡慕的人太多，每次去采访别人，看到被采访者知识渊博，谈吐优雅，审美一流，与世无争，又早已赢得一切的状态，我都会被他们丰富丰盈的状态吸引，会羡慕地想：如果我是这个人，该有多好。我喜欢平和、纯粹的人——他们读过许多书，对这个世界有自己的理解、宽容，且对他人怀有善意。他们自信且从不轻易露出锋芒，他们豁达且从不轻易流露情绪。

在这些被采访者里面，我特别喜欢的女孩是淡淡，一个交大的校友。我和她是快要二十年的老友。我们专业不同，大学时出于对美的爱好和向往，经常一起看画展听讲座。她对自己的要求并不是很高，但足够努力，是她让我学会了自然而然、不强求，毕竟我很容易紧张且好胜心强盛。

每次跟淡淡一起做事，都会安心、踏实。虽然读书她不是最厉害的，其他方面也不优秀，但她的性格很好，情绪稳定，交流无障碍。

毕业后，大家都慌张找工作、考研，唯有淡淡退出了同学的视野，回到了老家听从父母的想法，成了杭州的一位美术老师。她通过相亲，很快结婚，淡出了所有人的视野。

她总是很忙，给她留言她回复得很慢，要么在看孩子，要么是在看书画画。因为属于自己的时间不多，所以她更要把挤出来的时间花在自己身上。她偶尔一次发朋友圈，要么是女儿伞伞的周岁照，要么是后来生的儿子哒哒。我看着她的全家福，一家人整整齐齐，温和和气，特别温馨，也真的很为她开心。

长大以后，开心不再专属于自己的心，有时看到身边亲密的人获得了美满，获得了结果，仿佛自己也被生活嘉奖了那般利落、痛快。

淡淡虽做了全职妈妈，但爱好从未丢，喜欢读书、画画，先是教女儿画画，女儿画得很出色，被幼儿园老师表扬，吸引其他小朋友来跟着她学画画。"从最初学画的四个人，到后来的四十个人，都是无心的收获。"她说。

最初，画室是在她的客厅，后面又租了一间画室。现在，为了女儿读更好的双语学校，她带着儿子把家从杭州搬到了上海，画室也搬来了。

我特意带儿子星河去跟她学画画。

分别多年，再次见面我们都有些激动，紧紧拥抱在一起。拥抱的那一刻，我看到她头顶生出了许多白发，顿时明白她这些年也和我一样，经历了太多事情，应该也走过艰难的路。但她眼角的泪水告诉了我，我们依然是内心真情且纯粹的人——生活没有打败彼此真性情里的那部分天真，我们还在为理想的生活而进取。

十五年，转眼即逝，我已在社会这个大学奔行了十五年，真是令人唏嘘不已。毕业仿佛就在眼前，我是班级里最后一个离校的，不舍得离开，把所有的人都送走后自己还是不舍得离开。北门的跷脚牛肉，西门的麻辣烫，东门的鸡丝米线，都成为我日后最怀念的美食。

大学同学的名字与笑脸，我还能一一对照，无比想念他们。谢谢他们在我那么年轻莽撞时，陪我走过一段最重要的路。我还记得有个校友杨正，和同学们一起穿着白色的上衣，上面写着"青春再见"。相约一起坐火车回家，他要绕很远的路，一边流泪一边送所有人回家，以此纪念，青春万岁……

我和淡淡聊这些时，生出许多感慨。她拿自己的手绘本给我看，一张张速写，从最初的生涩到最后的优美——沉甸甸的画展，在我手上一页页展开。我很喜欢看事物一点一滴积累的变化——长久地在一件事物上，反复地锤炼，从陌生到熟悉——积累才是人生最好的礼物。

三十岁后，女孩的美不再聚焦于脸庞，美丽的女孩，就像一件干净的瓷器，在属于她的位置安安静静地站着，什么都可以装进来，也可以把全部都倒出去。

她都是晚上画画，白天没有时间做自己，要照顾太多人——生活是很细碎的！

她握着我的手说："你的书我一直在看，每一本，每一个故事。你在进步，所以我一直追着你的人生在看。当然，我也一直在吃苦。我的苦是有自己的目标，所以我把时间和精力都聚焦在了自己想做的事情上，丢弃了所有让自己短暂快乐的事情，也就只能消失在朋友圈。快乐无法分享，所以只能活跃在自己的世界里。"

此时此刻，我们成了不同行业的人，也成了别人的妈妈，别人的妻子，别人的老板，别人的员工，身份多重，困境重重。唯一值得安慰的是，在做自己这件事上，一直都有自己的坚守。

淡淡和我说了几个校友的故事，都是我读书的时候仰慕的人，羡慕的人。

再叙旧人事，旧人若眼前。

我们的生活不完美，都有波澜，也有突破，你会发现大学里你羡慕的那种光鲜的人沉寂下来，梦想暂时被搁浅（放弃也很难，放弃意味着你放弃了一段时间的积累，时间越长，积累越厚，放弃越难。所以，不要放弃，可以选择暂停，就是把那座"宝塔"暂放在心里，等有机会再去为它添加一砖一瓦）。

当然，也有意外，一些读书时看似平淡的人突然跳到了舞台之上，开始活得耀眼，活出了惊喜。

我羡慕很多人，尤其羡慕那些肯为生活抗争的人，她们是一群人，一群不肯妥协的智慧女性。生活虽然欺负了我们，但它没有打败任何一个人。

受过种种委屈后，我们没有变坏，没有愤恨，依然用好的心态好的状态，迎接着一切。我们在用自己的方式，寻找自由和自己。有落魄，有悲伤，所幸的是还有温暖的东西在心间，在生活里，流动！

我羡慕的人，不一定是完美的人，但格外有韧性，且有力量。

我羡慕的人，都有一种精神气质，干净、得体、从容、真诚。

我们不能被所有人喜欢

我今年面临着两个困境：一个是虽然交了男朋友，但他好像并没有那么喜欢我。我主动追求的他，他勉强答应下来，但从不会与我牵手，经常打击我不够好看。第二个困境是工作并不被领导认可，一开始他还能压制住怒火，压低声音与我交流，现在都是直接冲我大喊大叫。我怎样逆转风帆，怎样乘风破浪，才能让大家能够尊重我一点？

◇◇◇

男朋友如果给你委屈，要趁早离开，感情关系里的拉扯，最终受伤的是弱势的人。

你们的关系是不平等的，至少从现在来看，你对他的吸引力有一些弱。在爱情中，要对自己绝对狠心，不是你喜欢的所有东西都必须得到。真正适合你的人，你们的关系一定是向上、健康的。

工作中不要给领导或同事欺负你的机会，要懂得回击且大胆质疑。几乎所有伤害你的人，都是故意的。伤害你之前，他已经权衡利弊了——伤害你的成本最低，但内心会获得满足感。

女孩，要一直把背挺直，要保持自信，如果是我，会转身离开。

人和人之间的交往，始终会有一个节点，到了一个时间点，一切关系都会有本来的走向。一开始觉得很好的人，未必能够一直深交。

生命是筛选机制，时间一直帮我们默默地做着选择题。最后留下的多半是心念干净，不自卑，不骄傲，懂得恰到好处的人。大部分人，会擦肩而过，还有一小部分人，会消失匿迹或拉扯纠缠。所有的告别，背后都有漫长的过程，不是突如其来，也并非空穴来风。

一次完成合作采访，我发现合作者情绪不稳定——昨日赞美我写得特别好，今日又来挑剔我写得不行，语气极其恶劣。我立刻留言，表示自己不想写了。他又来恳求我继续做这个项目，表示是因为心情不好，状态不佳。

我依然没有答应，回答他，那你要学会为你不尊重别人买单。

记住，永远不要给别人伤害你第二次的机会。

当一个人不尊重不喜欢你的时候，你是可以感受到的，不要沟通，不要难过，不要否定自己，收起大方，及时止损。

懦弱，会招来这个世界上最深的恶意，会让你陷入深渊。

你越怕失去的东西，越要毫不在意。把自己晒在阳光下，你才能明媚；把自己放在黑暗之中，痛苦几乎与你如影随形。

一位作家写道："你和任何人交往，几乎没有人会喜欢一个懦弱的人。你若表现得紧张、胆怯、卑微、谄媚，那么你将会遭受到这世界上最深的恶意。只有强硬的态度和强悍的实力，才能让你在交往中免受伤害。"

你要强硬，业务能力要硬，心要硬，灵魂也要硬。要像一棵树一般笃定，立得稳稳当当，根系扎向大地，不要像一阵风，左右摇摆，永无定力。

每次面试，HR会问："你能停止写作吗？"我说："不能。"

他们会回答，那我们不能接受你，担心你无法全身心扑在工作上。

我很少解释，继续赶路，继续在白天工作黑夜里写作。我写故事，也写自己的生活，分享文学时刻，也治愈远方素不相识的人群。慢慢地，我找工作基本都是朋友推荐——业务能力提升了，自然有人会找到你，邀请你去做合适的事。

之前做采访，由于平台不同、粉丝数不同，我与合作方心知肚明，会相互比较一下。

慢慢地，我总结了一个规律：真正厉害的被采访者，反而没有那么在意你身后的平台是强是弱，只要有好的内容输出，你写过许多成功的案例，就会有机会。

记得我曾如约采访到了演员李若彤，那次结束时，她说："期待再遇见，与你交流很愉快。"也如约采访到了黄晓丹老师，我们一行人从上海赶到无锡，她一身白裙，诗歌与宋词，脱口而出，毫无障碍。

关系不是靠祈求，是靠吸引。话语权不是靠恳求，是靠实力。

虽然人骨子里的倾向就是慕强心理，价值互换，但我依然认为每个人都需要平常且有情谊的朋友，她们多半是有力量有智慧的女性，会在关键时刻，把你拉回大地。

成熟的感情背后是成熟的人格，她们是会为对方考虑的人。

及时结束不必要的关系，不必要的讨好，也是一门功课。不要讨好任何人，不值得，要拿更多时间提升自己。你有了价值以后，付出时，价值才可以被看到。当你不被人喜欢，但始终没有勇气放弃时，多半是不够认可自己的价值。一定要很珍爱自己的时间，自己拥有的一切，这样你才不舍得把自己的时间或精力完全交出去。

你问我："人为何会有喜欢不喜欢等意识的差别？"

我想，应该是成功的定义各有不同。

但我们现在，衡量成功的标准是金钱，极其单一、狭隘，造成了一定的不公平。

当我们比昨日的自己更平静，比昨日的自己更豁达，就是一种成功。做好一件又一件小事，不断丰富自己的内心世界，就是一种成功。一个人越来越自在，越来越能安于独处，也是一种成功。成功有许多种，无法用一个概念或解释来定义成功。每个阶段，我们对成功的理解也不尽相同，因为需要的东西不一样了，一开始想要的成功，后面不在意了，一开始不关心的事情，后面突然重视了，都极有可能发生。

一个上海的夏天，梅雨季节，在愚园路的一家书店我采访范雨素老师，她的新书《久别重逢》刚上市。

活动现场，我是主持人，请她回答"写作路上，记忆最深刻的一件事是什么"。

她说，有雇主嫌弃她卫生做得不好，曾踢了她两脚。她没有觉得委屈，站起来继续工作。

"这个雇主并不喜欢我，真好，从现在开始，我也不喜欢他们。"随后，她哈哈大笑："总有一天，自己遭受的委屈都会成为笔下流淌的文字和故事。"

她不怪他们，只怪自己没有能力全职写作，有两个女儿要养，有坎坷的人生要过，怪她的双手笨拙，做活细致但太慢。她停顿了一下，说生活会好的，两个女儿会长大，她也会因为写作、出书被人重新认识且尊重。短暂的、暂时的挫败，伤害不到她！

她带着两个女儿在夏天最热的时刻，去买水送给那些暴晒在天桥下的农民工，她要她们记住，并不是所有人都坐在空调房里舒服地享受凉爽。如果此时她们正在享受，那么要有感恩的心，更要有"弱德之美"，把能量传递，永远记住自己是从农村来的，要实诚，要踏实，要走更远的路。

她特别了不起，因为她知道该走什么样的路，知道该做怎样的妥协，知道该怎样把善意释放把恶意收紧，去过一种朴素且得体的生活。

我们不能被所有人喜欢，不妨把这种慕强的心理放在自己身上，期待自己强大，期待自己去解决，不再只是羡慕那些比自己强大的人。

自然，我个人是无法接受心中只有慕强心理的人，更无法跟他们做朋友，担心失去光环以后他们就会自动放弃我。所以，我总是小心翼翼辨识他们，然后小心翼翼地绕过这些人。

回到自己的世界中来，及时结束不喜欢自己的能量场。

当所有人聚在一起时，情绪高昂，高谈阔论，饭局结束，我们回到自己的房间，热烈让孤独更孤独，从四面八方袭来。聚会的局上所关注的话题，定下来的事项，没有一样可以彻底执行。

随着成长，我越来越喜欢务实的人，踏实可靠的伙伴。我深深地明白，自己前进的路都是靠这些人托举而来的，我要珍惜他们。

有风拂过心间

朋友们都在聊松弛感,我扪心自问:我算不算有松弛感的人?答案是"没有"。

我有些失落。看着街头那么多女孩,漂亮、自信,我依然无法松弛下来。我真的有些焦急,想成长得更快,更好,想得到更多自己喜欢的美好事物。

◇◇◇

你一旦着急,奔走的姿势就会变形,那这个动作本身与松弛感相背而驰。

不过你有你的美丽,你是这个城市一道匆匆而行的风景。

多年前,我就站在北京街头静静地看一个穿黑衣的女孩,急速地从我面前跑过,走路带风的感觉。直到此刻,我都很想采访她,想知道她身上流淌的故事——她走过谁的窗下,搅动了谁的梦,谁叫醒了她的清晨,在黄昏,她能否安静下来。

我们终究无缘再见。

但那走路带风的潇洒的感觉,我永不会忘。

最近，一位编辑老师来找我约了一本书的书稿，主题就是"活出松弛感"。

松弛感，这个词语最近好流行。她认真地说："写出来，一定是一本畅销书。你很适合，你身上就有一种松弛感，你把你这种感觉写出来就对了。"

我仔细想了想，我与松弛感的关系很弱，甚至毫无关联。我理解的松弛感，是自如自在的状态；不管身处怎样的环境，都能尊重自我感受，享受当下这一刻的轻松；不苛责，不负重，不慌张，不怨天尤人，不暗自较劲。这与我目前的状态有所龃龉。

本身我自己是一个很容易紧张的人，做事一直小心翼翼，怕出错，怕出事。至少在现在这个努力向上的阶段，我活不出松弛感。

于是，我拒绝了编辑的邀约，同时也觉得很可惜，那么好的选题却不属于我。别人对我们的了解和真实的我们，略有差别，我们无法真正感同身受任何人。

而且松弛感不是天生就有的，需要沉淀，需要智慧，不能刻意，要保持自然而然。我想来想去，最有松弛感的还是身边几位相对年长的创业者，在岁月、时间、经验的打磨下，失去了本身的棱角，但也多了圆融的心。

记得之前跑到苏州去采访了"绽放"女装的创始人——茉

莉姐，她穿着亚麻长裙，娴静、舒雅，讲述自己的故事时，如同春风拂面。我每次没有动力时，会看她的朋友圈，分享她和先生的相处之道，分享她和两个可爱的孩子之间的趣事，分享她的创业片段。

她喜欢旅行，经常在路上放飞自我。我经常追她的视频看，看着看着，一日看到她写先生是一个任性且感性的创业者，做了一个创业项目，正蒸蒸日上时，他突然在生日当天决定要解散这个项目。这个举动，多少有些不可思议。

茉莉并没有责怪他，反而允许他去做自己，去完成自己想做的任何事——爱你，就是允许你。允许你做你自己，允许你开始，也允许你放弃。允许树是树，花是花，允许你成为你自己。

大多数人对拥有的东西抓得很紧，松不开，知道松弛下来会手握更多沙，但依旧无法放松。我想这与经历有关，与时间有关，当一个人愈来愈成熟时，松弛感自然也会愈来愈高。

另一位我采访过的非常舒服且有松弛感的人，是黄晓丹老师。

记得当天下午，我们从上海开车到无锡去采访她。她穿着白色的裙装，纯净、恬然。我问完问题，她回答时，很慢，思考很慢、语速也很慢，她在想应该用什么样的言语来回答会更好。

整个过程，腹有诗书气自华的气质与故事感，在我面前流淌。

她讲到自己的老师叶嘉莹时，说他们那个时代的人和我们这代人是不同的，他们那个时代更能懂得瞬间接受。一日，叶嘉莹老师家被盗走了很多东西，大家都在记录，看看少了哪些重要的东西，唯有她瞬间接受了这个结果："拿走就拿走吧。"甚至没有用"偷"这个字。

黄晓丹老师讲自己的经历时也很淡然——

三十岁时，她经常听到曾经的同学，谁谁谁已经结婚生子，拥有大房子，谁谁谁现在已是企业高管，年薪极高。而那个时候她还在美国读书，俨然一无所有。

三十五岁时身边的人都在讨论职场危机，而她刚博士毕业，在大学教古典文学，她的事业才刚刚开始——毕竟文学是一门入道相对迟的专业。

她打趣说："自己永远慢一拍。"恋爱晚，工作晚，立业晚，似乎永远有一种落差感，她和普通人设定的时间段要忙碌的事情，都不相同，因为追求不同。

她也不会焦虑，因为自己跟任何人没有可比性，这才是她具有文艺的松弛感的缘由——有故事，有积累，有阅历，有自己对生活独特的理解。

人在特别天真时，无法保持特别优雅的松弛感。松弛感，表达了一种刚刚好的姿态。刚刚好，意味着没有那么用力、那么完美，也没有那么匆忙、那么笨拙。这样的状态需要成熟、阅历的支撑。

如同初学瑜伽时，可能几个动作会顺一些，但无法保证一整套的瑜伽动作行云流水，会不断地有卡点。有卡点的这段过程，需要智慧，更需要熟练和沉淀来一起踏过。

唯一觉得自己比较松弛的时候，可能是在深夜家人都睡着了，我在书房抄写《心经》。内心一片荒芜，有风拂过心间，仿佛可以原谅所有的那种寂静感。

突然顿悟：生活里做的任何决定、经历的所有磨难都是正确的，可以接受种种安排，也可以让自己的灵魂在任何一条河流中泅渡。

如果你也与我相同——经常紧张，有些疲惫，穿梭在某个城市的某个角落，只有黑夜、音乐才能让自己舒缓；向往松弛感，当下却无法拥有它——不要担忧，未来我们会拥有独特的气质、魅力，更会拥有不同的愉悦与轻松。

它可能不是松弛感，但它一定是完美的自洽。

给完美主义者松绑

我是重度拖延症患者，做一件事，总在反反复复修改。真的是无力自拔，无法控制自己修改的冲动，但也无法满足自己想达到的创作欲望。我心里有一座高山，我试着逾越。我想做到最好。我知道没有最好，但我也无法接受自己刚刚好的状态。

◇◇◇

终于知道为何我们会成为朋友，可能因为我也是重度拖延症患者吧。我总在答应编辑老师快一些交稿，总在答应朋友们要快一些见面，承诺把时间塞得满满的。尽管我非常努力去兑现承诺，但"鸽王之王"这个称呼还是落在了我的头上，终不能如意啊！

看李冬君老师写的《走进宋画》，范宽是天赋异禀的画家，他绘画时总在追求完美，追求所有人都满意，照顾所有人的情绪。他要画自然中的自然之美，他要画人情中的人情之美。他太贪心了，所以苏轼评价他的作品"微有俗气"。因为完美的东西不存在，艺术作品照顾他人感受到极致，就是一种谄媚。

我的创作中一直有遗憾，错过了许多可以写的故事，心里一直都觉得对不住过往——由于我一直出差在路上，从我身边游走好多有趣的人或有趣的故事——有时站在街头，看到熙熙攘攘的人群，某个女孩伤感的转头的瞬间，黄昏里某个人的背影像夕阳落幕，我的灵感一触即发，但最终落入纸面的，少之又少。

许多许多的梦幻，许多许多的事物，都在我等待最完美的表现时刻，被我的拖延症耽误了，被我的思绪过滤了，都没有完美地呈现在我的故事中间。

所以，现在我要求自己一定要学会用手机记录。每当故事在脑海一闪而过时，我会赶紧拿出手机，记录，到了晚上我再整理照片和文字——虽然转瞬即逝的灵感还是会毫不留情地溜走。

从今年开始，几乎每周我都会有视频号视频连麦的交流活动，与各个领域创作十年以上的朋友们交流心得，打开自己的眼界。我学到了很多，对每一场直播都写了详尽的感受。

最触动我的，是与《美从一杯茶开始》的作者唐公子交流，他说自己也是重度拖延症患者，一张照片、一段文字，要一遍遍磨。

再看到他拍的照片，写的文字，做的茶，无不干净、舒展。

可能我们并不是自己口中所说的重度拖延症患者，我们真的只是超认真的完美主义者。

唐公子也认可我的总结。我顺势跟他相约再次连麦，交流一下怎么对付拖延症。

他总结说："其实就是不要那么追求完美，给自己松绑；适当地放过自己，先完成再完美。完成这个过程，就是抵达，就是完美。我们都是生活很好的审美者，对生活、对自己都有很高的要求，只要愿意用时间来耐心打磨一件事，终会成功。但时间是最不公平的赛手，它拥有最优质的资源，它把生活的美和灵感散落在每个人身边，谁能快速感受到并快速完成，谁就是胜利者。与时间赛跑的路上，你只能试着去超越它。"

我采访一位企业创始人琳，看到她时间的安排、闹钟的设定那一刻，几乎打破了我拖延症的症结，给了我许多启发。

每一个有拖延症的人，或者没有如期按计划完成事情的人，都是不尊重时间、不尊重自己的人，自然也不会被时间尊重。

琳研究生毕业后，一直在做自由职业者，后来创业到现在都很顺利，她的心得就是：不管多晚，当日事当日做好。我问她有没有为一件事打破对时间的看法，有没有一次也曾认为时间不重要。

她回答："有过。"

之前她拥有一段很期待的浪漫爱情，他很爱她，来求婚，她在机场等他，然后一起去厦门旅行。但他出了意外——车祸，没有如期赶来，也没有办法及时通知她。她非常气愤，毅然决然地乘坐飞机前往目的地去旅行。

待她落地才知道来龙去脉，她又着急买了下一趟航班去医院找他。那天台风，飞机延误，他们就在电话里解释。雨和眼泪，顺着她的手落下。

琳最终没有买到返回的机票，一路各种意外，让她身心交瘁，从而放弃。他最终也没有等到她的出现。命运从不按常理出牌，错过的人往往来不及解释。

直到今日她偶尔还会怀念他，这次错过很遗憾，双方好像并没有做错什么。

或许是因为他没有那么在意时间，或者是并没有那么在意她，他的性格相对随意，而她看重一切与时间相关的约定，容不得任何疏忽与怠慢。

"和我的强势无关，我们对生活的理解不同罢了。你知道的，我们对时间的态度，决定了我们成为不同的人。"她说，"他没有错，我也没有错。可能他不够爱我，也没有勇气解释。"最后，她又说："当然可能也是天意，缘分不够。"

凡事到了回忆的时候，会真实得像非虚构小说一样，每个细节都值得一再打磨。

灯光下，她显得那么孤独。

杯觥交杂里，我看到她的认真、对浪漫的期待，也看到了她的倔强。对自己要求很高的人，注定难以拥有亲密无间的朋友，注定在亲密关系中难以容纳他人。

其实通过一个人对待时间的方法和方式，能看出他的生活方式，几乎也可以判断他的生活。

木心写《从前慢》：

　　从前的日色变得慢，

　　车、马、邮件都慢，

　　一生只够爱一个人；

　　从前的锁也好看，

　　钥匙精美有样子，

　　你锁了，人家就懂了。

有的人习惯性拖延，有的人喜欢快速抵达。

给自己快的决心，也给自己慢的理由。

尊重时间，尊重自己，尊重万事万物的规律。适度完美，放弃绝对。

做好一件事，解释所有事

最近挫败感很强，我在国内投资的奶茶店被迫关店，几次考试也失败了。我的运气时好时坏，有时顺利到我不敢相信自己会如此好运，有时差到我想放弃人生。

啊！极端的我啊！真的孤独。细数一下，我有十三件要完成的事，我已经按照四象限分类，分出了事情的重要等级，但我依然无法按照心愿一一完成它们，想知道怎样快速地设定时间计划？

◇◇◇

时间太重要了，我们的生活都被事情塞得满满的，看到你要一起做十三件事，左右开弓，的确压力很大，做不好的确沮丧。

我渐渐发现我们要完成的不是目标，而是欲望。欲望会发散，目标就相对单纯，也有唯一性。所以，难以共同完成的事情，要多去分辨它是目标还是欲望。快速地设定时间计划就是设定目标，多设短期目标，少设置漫长且难以完成的期待。

简单点，人会更从容，也更容易获得幸福感。

我认识的那位最不快乐的前同事佳琪，每年大年初一，他会把计划表写得密密麻麻，列一百条待完成的实践。一年下来，完成了一半，已经超出了常人，但他依然不满足不快乐，因为还剩一半没时间做。

太拥挤的计划不叫计划，它的名字应该是——欲望。

我每天也会设定许多闹钟，任务精确到分钟——每天要写三千字，要运动一个小时，要读五十页书，除此之外，有余力了再去见朋友，学习瑜伽，等等。坚持了一段时间，成了生活习惯后，自然而然地就不想破坏这种有节奏的生活。有时我也要出门见朋友，有时也会去上班，但这三样要求随时待命，令我清晰地知道自己的职责是什么。

经常会有许多事情一起涌向我，之前的自己不懂拒绝，任由它们将我淹没——如果做不好时间管理这件事，事情就会淹没我。

但我所说的时间管理和大家说的不一样，我更在意最重要的那件事有没有完美，其他的都可以将就。晚上睡之前，我都会看一遍今天所写的内容，看五十页书，只要能够完成这个动作就会不焦虑，很坦然。

要给自己一个焦点，聚焦。把焦点里的事情做好，其他的事情，顺其自然，自然而然地去完成，不追求完美。但焦点里的事情要一遍遍来打磨，直到自己满意。无法做好所有的事情，但焦点里的事，一定是你专业里的顶尖，是身边的人想起你时就能想到的标签。

定标签是快速让别人了解你的方式，它也是很容易区分你和其他人的标识。

认识一位写作者，写作能力真的很好，但缺了点运气，写作的书一直没有出版，只好去做培训老师，又去做翻译，还做过自媒体，都没有做太久，也没有特别好。多方面尝试，但多方面都失败了。

她很沮丧，来找我抱怨："世界不公平！你看我已经这么努力了，还是没有被看见。"

我也说，真的不公平。但事情如果都没有结果，往往是你都没有投入太久。所以，你要找到真正热爱的事情，并提升这件事在你所做的事情里的比重。或者是完全聚焦这件事，把它做到极致、完美后，再去跨界做其他的事。我们列计划时，往往忽略，真正的喜欢才是最重要的事。

今年夏天我去采访了"九球天后"潘晓婷，她是台球的世界冠军，也是抖音一千五百多万粉丝的内容创作人以及优秀的赛车手。作为跨界天后，她样样做得好，样样都是行业顶尖水准。

我问她："如何跨界成功？有秘诀吗？"

她回答："要集中所有的精力先去做好一件事，事情之间的技巧都是相通的，一旦做好一件事，就可以悟出来做其他事情的原理。但如果做不好一件事就想着去攻克其他领域，依然会无所获。"

跨界，不是强硬地分散精力，而是一种聚合。

在这个人人渴望成功的时代，事事有结果的条件一定是耐心，是守信，是深钻。做不好最擅长的，其他的事情更难抵达。要专注，要极度专注；要投入，要十分投入。

当下也是一个专注娱乐偶像、流量的时代，有许多虚假繁荣，随着行业细分、科技的发展，我们所热爱的职业的变现和红利被埋得越来越深了，要保持耐心，去深挖，深度学习。浅尝辄止，很难再出成绩了。

放弃做简单、舒服的事情，我们需要从事有毅力、有信念的创造，才会带来至乐的心流，沉淀真正的内力。

要特别珍惜时间，时间是做成一切事的基础；也要特别珍惜健康，健康是基础中的基础；更要好好爱自己，自己是宇宙中最特别的一员。

你的注意力在哪里，生活就在哪里，收获和成长就在哪里。注意力和专注，就是时间，就是人生最特别的存在。

你无法做好所有事，没关系，但一定要试着做好一件事。做好一件事，能解释所有的事情，这是你力量的来源，也会让你变得越来越自信。

差点忘记我是一个有趣的人

我坐在咖啡馆，看着人来人往。

失业后，一开始还没有那么焦虑，毕竟还有同行邀请我去他们公司上班……半年过去了，突然意识到我已经被同行忘记，自己越来越沉寂，差点忘记自己曾经是个有趣的人——会讲笑话，会很大方，会畅想未来，会带着同事们一起旅行。而今日，我只能坐在这里怀念过去的种种。年长、失业、贫困、多虑，我自己都不再喜欢自己，你怎么看待这样的时刻？

◇◇◇

当你觉得生活无趣、无情、无义时，推荐你去看热内的电影《天使爱美丽》。主角是艾米丽，三十岁之前都是晃晃悠悠的状态，她喜欢一切有趣且新鲜的事物，但家人并不重视她，与她缺少沟通，她只好打破自我的世界，情感外流。

这个时候，她在墙洞里发现一个铁盒，她想找到铁盒的主人，这成为她无聊生活里的一个目标，令她兴奋许久。当她找到铁盒的主人时，她又找到了新的目标，那就是一个相册，相册里的照片都是重新粘合在一起的，她顿时明白，这就是她想要的爱情……

艾米丽所做的任何事，任何目标，在常人看来都有些无聊且无意义，细碎且不值一提。但她从未否定过自己，而是以新鲜的视角，一次次发现生活的有趣，关注到身边人的特点。

不管世界是怎样的价值体系，她有自己的衡量标准。这个标准，特别有意义。

大部分人都活得很迷茫，面对选择，左思右想。但艾米丽不一样，她有些任性地早熟，清楚地知道自己想过一种怎样有趣的生活。反观我们自己的生活，就会有一种局限性，有能力把照片撕碎，却没有能力把照片重新粘合；有能力去破坏一切，却无法去接受和修复；只能接受生活好的一面，无力对抗坏的一面，然后陷入一种困境中。

有个我这样的作者朋友，你是不是很幸福？你做过的那么多有趣的事情，你把那么多故事分享给了我，而我是忠实的旁听者——但从内心里，我也是你生命的参与者——一直记得你是多么有趣多么善良。没有人爱的时候，要好好爱自己；被很多人爱的时候，要记得好好爱他人。

每个大学毕业五年或十年以上的人，都要好好地给自己一段时间，用来总结自己，用来旅游放松，用来自我相处。但不要内耗、过度反思、过度总结过去坏的结果让当下的自己来承受。

最近有篇帖文格外火爆，主角就是"被困在星巴克的中年人"，他们有的已经失业，有的在找工作，有的干脆拿咖啡馆当办公室。

我常年蹲在咖啡馆写作，会遇见一些有趣的人——男人女人，男孩女孩，他们的确有故事——有些人不敢告诉家人自己已经失业，每天还在假装上下班；有些人索性一切都不在意，开始零成本创业；还有些人在咖啡馆索性躺平，每天看视频、打游戏……顺流而下、努力进取于口头的人，有；自此躺平，又绝对不甘心的人，也有。

我开始采访这群人，所有的故事中，最有趣的、让我最敬佩的是一位咖啡店创业的1997年出生的女孩，经过几次攀谈，我已经将年轻的她列为自己的榜样。她之前与朋友一起合伙做美甲、美容，现在转行做咖啡店——美容行业太卷了，加上朋友不想在上海继续打拼，把美甲美容店转给了她。

她另辟新境，转行做了咖啡馆，从另一个角度开始了解自己擅长做的事情，创业路上，收获颇多。虽然每天获客较少，地址也相对偏僻，但她不间断地举行读书会，自己读书，也带动了一些喝咖啡的人一起读书。她喜欢画油画，并用油画的方式来表现中国传统文化中的俊男美女。画作很多，我从她的咖啡馆一楼追到二楼，画得特别好，想象力很丰富，也敢于大胆尝试，真的只有二十多岁的年轻人才敢这么画，这么做。

绘画是一门艺术，而艺术，意味着它的冷门，关注的人也是小部分群体，但每次听到有谁在关注绘画，我都会被吸引。

这小部分群体注定是特别的，敏感的，美好的存在。

绘画治愈了她，她没想过以此谋生，有来喝咖啡的客人预订了她的画，她找到了被认可的感觉，也找到了另一种生存的可能性。

生活总在拐弯，人要不停地跨界才能维持原有的状态。

美甲师、咖啡馆店长、绘画者，三种身份，她都做得恰到好处、平衡有力。采访结束后我在纸上写下"创业者"三个字，并让她写下自己的标签，接过卡片，她画掉"创业者"，重新写下——一个曾经有趣，现在认真的人。

还有一位令我佩服的人——元元。她为了爱情换了一座城市，前往广州，最终，节节败退，因为他无法完成她的爱情、婚姻梦。她溃不成军，回到上海。

很长一段时间，元元执迷不悟，一直祈求男孩不要离开——女人的情执很重的时刻，是最大的弱势。要别人爱自己，对自己好，是一种感情的乞丐。

感情要留白，人只有自己先爱自己，才能把爱分出去爱别人。在关系中，更要尊重他人的选择，允许别人变化。

元元领悟了我说的这些成长收获，重新回到上海，一边工作一边进修，进修的路上遇见新的男孩，也不去猜疑，还能重新去爱，去了解。重新开始是非常重要的能力，大部分人在等待爱人，或与人恋爱的过程中慢慢变得"累觉不爱"，只有少数人在爱的过程中，积累经验，保持空瓶状态，一次比一次勇敢。我虽然是前者，但我羡慕后者，后者更有能量，也更能赢得爱。

我和元元约在陆家嘴。坐在一栋大厦的窗边，城市美景一览无遗，如在云端。她缓缓地说："城市越大，楼层越高。爱一个人越深，大抵就是在云端的感觉，虽然美丽，但一直晃动不安。"

恋爱和婚姻都是很正常的经历，但每次都要被结婚卡住的男人，症结真的只是——不够爱。更可悲的是，女人爱情的结束，在于真实地接受了对方并不爱自己，而男人爱情的结束却在于失去了继续在一起的冲动，有了新的猎物。

有时候我看着街头那些年轻人，聪明机智，他们动不动就会提到"条件"，看上去冷酷且自私。

我这个在爱情中晚熟的人居然有些羡慕他们，毕竟年轻时为情爱癫狂，精力无端被消耗，真的是妄念所致。看到一些女孩真诚地给我分享，她们认为情爱不可靠，并对婚姻、孩子无期待时的认真模样，会心疼，但也会欣赏她们的早熟，不若我们年轻恋爱时那般晚熟。

人在破碎之后，才能发现生活。我们总希望自己能够在最正确的位置上，但现在的价值体系判断太单一了，于是，所有人都挤在独木桥上，冲向世俗的标准。难免有人落到桥下，有人不再参与拥挤，那些少部分人挤到了对岸也会发出类似的疑问：我还是不是原来的自己？

赶路的路上，别再怀疑自己了。越是智慧的人，越执着。

不如看看四周吧，看看天空、云朵、树叶、风筝与晚霞，日落是免费的，春夏秋冬也是。看到人间真趣，记住有趣的瞬间。

第七章
跨过千山，走到灯火

生活的要义……就是满怀兴趣地活在这个世界上。睁大你的眼睛，从你所遇到的每一个人身上看到各种可能性——看到人性。要时刻注意。

每个人只能陪你走一段路

和一个朋友合作，失败了，朋友内心脆弱，受不住压力，先跑为敬，留下一个烂摊子丢给我，让我收拾。我一边收拾一边流泪，心里会浮现之前彼此相处的好的一面，再想到自己要一个人来应对所有的困难，内心充满了恨意，无法平和。我是要咬着牙，扛下去，做下去，还是应该及时结束这件事？

◇◇◇

《山河故人》里有一句台词：

> 每个人只能陪我们走一段路，需要珍惜。

谁也无法保证做事一直顺利，多半时刻都要面临对方的随时放弃，甚至倒戈。合作者不离不弃，是锦上添花。但如果真的觉得即使做好这件事对自己也无益处，或是对这件事无比厌恶，结束也无妨。要知道一开始就困境重重的工作，往下也可能不会好做——可能是磁场或能量场的影响。

这件事情是烂摊子，是僵局，但你能做好这件事，撑起来这片天空，你就是绝对的胜利者，因为你完成且突破了之前无法承担的事情。

我要强调一点，在我的人生字典里，我喜欢有开始也有结束的事物，工作就是完成一个个项目，如果此时逃避了眼前的负重，往后一定还有挑战等着我们跨越。我尽量让每一件事有始有终，除非对方真的胡搅蛮缠。

客观地认清合作这件事，合作是分阶段的。

二十多岁的时候，我们所获得的结果都是与别人合作所得，没有其他人的助力，靠自己很难有所成就。我相信任何一个人，在这时都无法靠自己的单打独斗获得成功。等你掌握的资源和话语权越来越多时，所有事情都需要你来决策，反而会减少对他人的依赖和合作。

无论是职场还是婚姻，当你越来越游刃有余，你越不需要其他人参与。

三十岁后，做到管理者的位置，以这个角色重新观察工作，会发现所做的事情基本都是向上挑战的，哪管有没有人支持，哪怕没有合作者。当一个人有了自己的绝对目标时，其实是很难找到合作者的。想想《悉达多》《牧羊少年奇幻之旅》或《小王子》中的主人公，无不是一个人的旅程。三个主角表面没有绝对目标，但内心都有执着，对未来希望的执着，对探索自我的执着，都在走一条特别独立的路，没有伙伴，没有实质性的陪伴，只有精神上的牵挂。

我写作了十年，一直还算幸运，编辑一直在约稿，编辑出版我的书。我从来不觉得自己只是创作者，因为作者除了要对内容负责，也要对这本书的营销着想，共同把这本书打造好才足以鼓舞到编辑，合作也可以更长久。

我跟每一位合作的编辑都成了一路成长的好朋友。他们不仅是我人生路上的指引者，更是我需要感恩的人。

短暂的合作关系需要燃料，点燃、爆发，一烧就到底了。长久的关系需要理性，需要克制。要对合作者好一些，再好一些，我们从合作者身上能学到许多，能看到自己。

要全面地看得到与失去这件事。

可能在生活中某一场你在意的博弈里，你是失去的状态，但我坚信每个瞬间你会在一个专属于你的角落里得到你应该得到的那部分。

一定会的！

得到与失去，会遵循能量守恒定律，会守时守约。

这让我想起一件令自己永不能释怀的合作——老板让我做内容，我写，我讲课，录好课，出了女性成长的课程，数据挺好的。

冬天的时候，老板和别的课程老师因为版权问题打官司，让我写下新的合同，白纸黑字，课程版权与我无关，我只是创作者，版权属于公司。

虽然我知道自己并不会因为版权与老板有任何冲突，他也不会做对不起我的事，但签下名字、把一切拱手让出时，还是委屈。后面发现老板也很委屈，投入那么多，我的课程只是其中一个项目，他不能差别对待。

所有事情，换一个角度来想，就会有所不同。当能切换角度时，也代表一个人又到了新的成长阶段。转换角色，就是成长，就是自我延展。谁转换得越多，谁对生活的理解越深刻。

每次有重要的、自己无法处理的事情，不一定要去问身边的人该怎么处理，而应该试着去问站在更高的山顶的那些人、能量大于自己的人会怎样处理你眼前的困扰。

身边的人和你看到的是同一片天空，山顶上的人，看到的是另一朵云，沐浴的是另一种风。不要局限在自己的信息茧房里，打开茧房的门，会看到不一样的人与物。人是很微小的，过着被限定和设置的生活、人生，是我们在轮回之中累积的"身、口、意"的选择。

如果牺牲自己能换得一件事的成功、一个人的真心，真的是值得的，同时也是简单的。但合作就是这么残酷，一旦有个人觉得委屈，没有得到相应的情绪价值或利益，就会分道扬镳。所以，我越来越喜欢"长久""长远"这样的词语。

这意味着两个人都是很好的人，且彼此都获得了很好的利益点，合作会更久。

合作是天底下最难的事情，合作需要双方的诚意。诚意在这里的含义要丰富得多，对彼此的要求都很高——要求我们都是好人，都有底线和原则，都有意愿做好这件事之外，还要祈求天时地利人和，锦上添花。

最初的创业与合作者，多半是朋友或基于某种特殊的缘分，走到一起的人。

合作的内容，至少是双方一开始都喜欢或认定的方向，但后面走不下去的原因，多半是利益不够导致的信心不足。

人与人的关系维护，有时简单，有时困难。利益的连接，会更紧密，但容易决裂；发自内心的欣赏、信任、爱慕，也不稳定，会随着认识发生变化。

我去做职业咨询的过程中，有位创业的写作者分享，他的合作人面对新的选择（诱惑）时，委婉地对他说，你是我喜欢的导师，但另一个合作者是我的偶像。

偶像的力量是要大于导师的，偶像要无条件地喜欢，导师是可以选择的。

这令人哭笑不得。但他接受了合作人的说法，因为这比不辞而别更让人能接受。

仔细想来，包括我自己的合伙人也在不断地变换，都是正常且在所难免的事情，导致后来我都不愿再听到合伙人这个词。写作、讲课、分享、咨询，等等，我慢慢习惯一个人去完成。一个人去完成更有速度，一个人奔跑能听到风的声音。一个人活成了一支队伍。

我建议你开始去做一件事，自己先去做，做好了自然能吸引其他人加入。做不好，没关系，消耗的是自己的时间成本，锻炼的过程都是成长。

在未来的赛道上，合作会越来越难，市场饱和后，各种职业越来越突出个体的创造性，谁的创意越新颖，谁的执行力越强，服务越彻底地满足客户，谁就会赢得更多机会。所以，这个时候你的合伙人逃跑，也不要怪他，都是局势，都是缘分，聚散终有时，你能扛着把事情做好就是最大的成长。

成年人的友情是奢侈品

我终于找到了与朋友交流的终极话题，那就是去问问他们，现在过得还好吗？如果他们回答得很兴奋，抱怨不停，或开心不止，说明你们还是亲密无间的朋友。如果他们说"我还好"，那意味着你们已无话可说，或者他们不愿向你袒露心扉。成年以后，朋友会不会越来越少，且越来越难结交？

◇◇◇

这个问题我没有答案。当然，许多问题我都没有答案。人无法同时拥有青春以及对青春的感受。当你感受深刻时，青春已远离了你。

成年人的友情，是多么美好的事物与情感，本来就是可遇不可求。人与人的缘分都是天注定的，越早遇见的人，可能缘分越深，生命的连接也越深。容易走散且不容易长久交往的人，我们且把他们归为，缘分不够吧。

我虽然不擅长社交，但真的拥有非常多不经常联络但一直觉得熟悉且坦诚的朋友。每每想到他们，都会得到安慰。

我不喜欢人一遇见挫败就否定所有，把自己放置在黑暗的场域里。每次受伤，我都会把从前的友谊温习，想一想美好的人，便觉得一切皆可原谅。

我的发小叫郭静，我的爸爸跟她的爸爸是战友，我时常怀念小时候与她在一起的时候，我们一起背着画板去学画画的场景。

高三那年的除夕，为了考上心仪的大学，我们一起在济南度过。她患上阑尾炎，我背着她从六楼下到一楼，又背着她打车去医院看病。

读大学时，我们曾一起发誓要嫁给一对亲兄弟。那种义气，现在想来有多么荒唐，当时的誓言就有多么认真。她陪着我走过了人生中的许多重要时刻，可我们终究没有嫁给一对兄弟，没有在同一座城市，甚至一年也不怎么联系。但每次出差见面，还是觉得很亲近。

她有了自己的生活，成了两个男孩的母亲，但我依然觉得她的身上散发着少女的浪漫。

我的大学同学阿叶，她优雅且美丽，是我最羡慕的人，因为她被许多男孩追求。她恋爱的阻力源自我，因为她想陪着我学习。我劝她先赶紧确定关系，之后我可以跟着她一起"约会"，方式方法就是他们走在前面我走在后面。没想到，她真这么做了。

恋爱正式开始后，她很担心我太孤独，只好她走在中间，让我和她男朋友在两边。她的男朋友来看她，总是买两份礼物，我一份，她一份。

大学毕业后，他们选择了分手，我比他们还难过，这毕竟是一场我经历的最美好的"爱情"。如今，我们散落在不同的城市，再无联系。但我整个大学阶段的浪漫与快乐，都源自阿叶，我也真的很想念她。

还有许多朋友，都令我记忆深刻。

上海戏剧学院毕业的女编剧荷小姐，我们在一个书店组织的画展活动中一见如故。她活泼得像条鱼，在三十多位嘉宾面前，游来游去。我那天身体不舒服，并没有说话，没想到她居然游到了我身边，停了下来。我和她提前离场，回家的路上才发现我们居然是相隔不太远的邻居。

种种巧合，注定了我们成为朋友。

我问她："当时那么多看上去颇有名气、值得结交的人，你为啥跟我一起离开了呢？"

她说："因为我看你的脸上虔诚地写着五个字——清澈的愚蠢。"

罢了罢了，我暂且把这句话当成赞美，一一收下。

我每次遇见问题，都会去问荷小姐。我喜欢把问题发生的原因都收揽给自己，宁天下人负我，我不负天下人，但荷小姐每次都会把真正的答案剖析给我看，让我认识到自己并不是糟糕的人。

成年以后的友情是最难持续的，不是人们不再需要温暖的连接，而是真正的连接需要投入太多，无法用等量的能量值来交换他人的情谊。只要放低期待，一切就能如愿。

最近开始直播，有许多读者看完我的直播给我来留言。

一个女孩说："我认识你十年了，韦娜。从看你第一本书开始——我那个时候才读初中，现在我已经工作了，我还在看你的书。"

看到这个留言，突然觉得好幸福。在前行的路上，一直还有人惦念着我，陪伴着我。于是我记下来她的地址，想把这本新书送给她。

三年没有举行线下活动，今年陆续开展起来，我前往很多城市去分享。有读者从很远的地方赶到分享会，对我说，一直喜欢你，你的衣着、你读的书、你对生活的理解，你的文字与故事给了我很多的安慰，陪伴我走过了离婚那段痛苦的时间。

我想每位作者创作都需要信赖，也都会被线下活动类似的相遇打动。当然，我并不是一直如此幸运，也会经常被否定，被拒绝。

一次编辑约我写稿，让我模仿一个人的写作方式来书写，我写了十个故事十个开头，都无法令她满意。不得已，我只好找到另一个关系很好的编辑朋友商量，问她怎么才能让这位编辑满意。她的回答我一直记得，特别反转，也特别奏效。

她说："拒绝她的要求，不再迎合她。写好你想写的内容，成人世界的规则不复杂，她想拿捏你，让你服从。但你有你的路要走，去遇见真正欣赏你的人。"

人生路上，不要模仿任何人，就去做你自己，去形成你的风格。

我不擅长拒绝，痛定思痛后才与约稿的编辑告别，未承想，她又来挽留我。但我最后还是没有与她合作。

不管是友情、爱情，还是工作或生活，成年后，我特别盼望在复杂的生活面前，一切简单一些，少计较一点，如果做不到简单，我会沉默，逃离。

没有办法满足所有人，但一定有办法让自己学会拒绝。不要碰到一点压力就把自己勉强到无法承受的姿态；不要碰到一点不确定性就怀疑人生，认为人性复杂，前途黯淡无光。

我们需要信仰，有踏实走路的坦然付出，也要有抬头看星的浪漫情怀。

我在这样的路径里，一年复一年写作，一日复一日锤炼，连接了更多的认可、肯定，也被许多人批评、指责。后面我站在舞台上演讲时，才发觉被否定的那部分——沉甸甸的——早已被我打碎，丢弃，置之不理。

我只记住了所有人春风十里的一面。

人生需要浪漫，如果没有，就自己制造浪漫，演给自己看。

生活是一面镜子，你若觉得沉重，镜子反射出来的光芒就沉重，你若觉得浪漫，反射出的影像就浪漫。

我从不沉浸在沉重中太久，无法承受的痛苦我尽力忽视，得过且过也是巨大的快乐。我告诉自己，尽力压制住特别兴奋的感觉——避免自己忽然欣喜，忽然悲痛。

我开始喜欢观察生活很小的细节，一朵花，一朵云，一个孩子的微笑，擦肩而过的人穿着漂亮的白裙子，迎面走来的老人脸上慈祥的笑容……有时我会用文字记录，有时是照片，现在也在尝试短视频——把关注点放在美好的事物上，内心轻盈了特别多。

人与生活呈现了多面性，我尽力从多维度、多视角，去重新理解他人，理解生活。

自爱，并不仅仅是爱自己，而是去接受所有人不完美的一面。黑暗且自私的一面也并不会让你与一段优质的关系无缘。

成年人的友情是奢侈品，谢谢生命中一直陪伴我的读者以及朋友们。谢谢你们一次次包容我，鼓励我，支持我。

如果没有你们，失眠的夜晚将更孤独，纵使我能伸手摘星，星月也无比黯淡。

我的遗书是心愿清单

　　我最近生了很严重的病，顺手给父母写了一封遗书，今天我也把内容分享给你看。我这样一个人，在外漂泊，若有一日突然离开这个世界，他们可能都不是第一个知道的人，他们可能要过很久才意识到失去了我……如此想来，真的很伤感。

　　韦娜，你有没有写过遗书，人在年轻时要不要写一封遗书？如果邀请你写一封遗书，你会写什么内容？

◇◇◇

　　如果邀请我写，我更愿意称之为——"心愿清单"。只因讨厌黑色的情绪笼罩自己，更不能接受自己为一些未得到的事物郁郁寡欢，我会找到舒缓的方式，去释然，去接纳。

　　父亲生病，我陪伴他去了几个城市看病，舟车劳顿，我在担惊受怕中身体也被坏情绪侵占，一直有些微微疼痛，但具体是哪里疼又说不清楚。生活永远是，你以为糟糕的事情结束了，其实它才刚刚开始，你以为的幸福是永恒，它却转瞬即逝。

昨晚我一直沉浸在悲伤的情绪中，想到了自己的从此以后，便有了无数的生活假想敌，我一边写"遗书"一边觉得伤感，非常伤感。抬起头，我看到电视新闻正在播报一位年轻的歌手，三十七岁，癌症，刚刚离开了世界，孩子不满一岁……看得非常心痛。愿天堂没有疫病，也没有突如其来的离世。

第二天，我重新打起精神来，扛着自己的心事走在去图书馆的路上，不幸遭遇了一场"太阳雨"，雨水将我瞬间浇透，打湿了我正在修改的这本书稿。我在雨中一步一步向前走去，阳光就在我头上，雨下得越来越大，阳光却也越来越明亮。那一瞬间，许多喜悦随雨一起降落到我身上。我豁然开朗，大步流星朝前走去。太阳与暴雨的搏斗，最终是我赢得了胜利。

我赶紧找出昨晚的遗书，修改，再修改，我把标题从"遗书"改成了——心愿清单。内心顿时轻松许多。

关于写遗书这件事，我真的蛮超前的，也有过类似的经历。还在读高三时，我给父亲写过一封遗书——大抵的意思是，学习的压力太大，高考超出了我的能力，恳求他放我一马，让我自由选择是继续读书还是弃学，不然我就想离开这个世界。那时太小，离开的方式想了许多个，又一一放弃——太沉重了，是那时的我所无法承受的。

可当时明明自己成绩很好，美术成绩和文化课成绩都很突出，不是对自己没有信心，而是焦虑，心累。身心处于一种高压的环境中，学校周围的墙壁上、告示上都写满了励志的言语和严肃的规定，特别激进，也特别片面。

高中的底色真的是悲凉，回想那时的读书生活，真的是枯燥、重复。我就在那样的环境中忧郁满怀地写了一封遗书，告诉父亲，如果我去了远方，丢了也不要找我，还表达了我的痛苦，等等。当然，现在回想起来，觉得那时的自己很"中二"、可笑，不该把这种没有自信的压力转向给父亲，他不该承受这些。

当天父亲拿到这封信，就直接去学校找我了，带了许多水果，开着摩托车，急慌慌地去找我。结果等来到学校，车后面只剩下苹果袋子——爸爸因为太着急，出了车祸，小腿被擦伤了一大片，后面去了医院检查，所幸无大碍。我内心充满了自责，把自己深埋在绘画和课本里，每日苦读，自杀、遗书、忧郁，这些负面的情绪和行为悄然消失。

最后，我考到了全校第一。虽然没有被自己心仪的美院录取，但也读了很好的学校，我真的很满足。亲爱的朋友，遗书不是乱写的，心里的念头一旦有恶，会伤到自己，触及身边的人。不要动念，尤其是恶的念头。

后来读书，同窗好友得了很严重的病，一直记得她在人生最后的关头写的遗书是："想好好地活下去，去很多风景优美的地方，有植物、树木、森林的地方。"她喜欢一切和植物相关的东西。从发病到离世，不过短短一年多的时间，她经历了最痛的苦。病痛对肉体的折磨、精神的打击，一并而来。但她的遗书里，依然有光，有期待，有无尽的美好遗憾。

心疼她。真的心疼她！

每次想起她，会想起自己为她在医院守夜时，那一晚内心的荒凉和错乱。周围仿若地狱，许多人，有人的脸被打伤，有抢救的手术推车来来回回……

总是做噩梦的一个晚上，我喂她喝八宝粥的时候，手一直在颤抖。多年后，梦见她，感觉她依然处于荒凉中，依然会为她难过。

生命最可贵，遗书也可贵。请尊重每一次还能写下遗憾、写下心愿的时刻。

我永不能忘记那一幕。

在我读研究生的文学写作课上，我们写过遗书这个题裁，我也写了许多，但都是对生的渴望、未尽的心愿——我还有许多想去的远方，去白马雪山采访守山三十年的作者肖老师，去奈良的小镇上喂养日本鹿，去罗马的许愿池许愿……太多太多想做的事情，还在等着我去完成。

我真的非常建议大家，把想做的事情，想陪伴父母去做的事情，列一列，去一样样完成。这种感觉特别好。

我开始觉得自己成熟，也是缘于遗书的设定——或者那次计划——也不叫"遗书"，而应该叫"心愿清单"。

我突发奇想，把里面要做的事情拆开来看，有哪些是可以带着父亲一起去经历的。父亲七十三岁那年生日，我开始带着他各地旅行，从上海出发，一路到云南、广西，又跑到海南三亚去看海。看海的那一刻，爸爸很感动，七十三岁，那是他第一次看到如此辽阔的大海，他放下了病魔对自己的痛苦，因为一切与大海相比都显得渺小，不值一提。

　　我一路带着他走，一路写作，就这样跌跌撞撞，我们在外旅行了一个月。一路上，父亲不止一次感慨这是他人生中最值得回味的一个月——从未有如此完整的时间与"我"，如此亲密的相处。

　　后面，朋友约我见面我也会带着父亲一起参加，让他更贴近地看我的生活，零距离去看当下年轻人的生活方式。我甚至给他买奶茶、咖啡，带他吃烤肉、寿喜烧等年轻人的美食。虽然那些饮食都重口味，但父亲很喜欢参与其中。

　　一次去陆家嘴见朋友林希言，她很惊讶我居然带着父亲来见她。本来父亲是坐在隔壁桌，她立刻邀请一起来坐，一起聊聊。

　　我说，想带父亲来体验一下上海外滩，去坐游轮，去吃我们年轻人正在品尝的美食——有那么一瞬间触动到她。她也开始制订计划，制订心愿清单，打算让父亲母亲来上海，带他们去苏州、杭州旅行一圈。还给我送了许多礼物，说是送给我爸爸的，让他品尝他老家的美食。

　　我们自己品尝过许多美食，去过很多美丽的城市，但父母还没有这么多的经历。自从我开窍后，我经常带父亲或母亲去旅行，去体验，去更美好的地方看一看。

好好爱父母，是最大的修行。他们给了我们生命，是光的源点。

回想起过去的自己，真的好傻，小小年纪，居然会写遗书。

此时此刻，最重要的其实不是写遗书，而是列一个心愿清单，一个个去完成。

完成的过程，你会活得更认真，也会细数所有属于自己的浪漫时刻。

另一个时空的我

　　这些年经历了许多事情，辗转了几个国家与城市，丢失了许多宝贵的记忆——让自己疼痛的那种记忆。我身上背负的压力越来越大，经常会陷入一种困境之中，虽然许多重压是不必要的。

　　当你对生活失望的时候，会怎么指引自己，是人生并不是只有眼前的黑暗，也有诗与远方？你认为诗与远方真的存在吗？还是一种假想的乌托邦式的安慰？

◇◇◇

　　"乌托邦"这个词语，是1516年，英国政治家、人文主义者托马斯·莫尔发明的，寓意"不存在的地方"。他在《关于最完美的国家制度和乌托邦新岛的既有益又有趣的金书》（简称《乌托邦》）那本书中，描述了一个叫"乌托邦"的神秘岛屿——在那里，田园般的生活中，不存在苦难。

　　人人都向往乌托邦，渴望走进它。

　　如果谁残忍地告诉我，这个楼阁也是不存在的，那我将会悲伤至死。人需要一点理想化的念头活下去，一种美好的畅想、想象。

不要撕碎幻想、打破一切，赤裸裸地展示给所有人看，也不要告诉他们诗和远方不存在，因为它们仅仅是人安慰自己的方式而已。

　　当我对生活失望时，我会看书或看电影。我经常对自己失望，所以，书与电影给了我无尽的力量，是我生命中的一束光，驱赶了所有负面情绪和妄想的黑暗，我许多的生命体验都源自它们。

　　我刚看完你推荐的尹成姬的《孤独的义务》，故事很悲伤。发现所有未完成的梦想，都藏着一个不甘心的人，所有潦草和任性的人，都源自一段黑暗的泅渡。

　　第一个故事写了女孩的爷爷去世了，她绝望的父亲要和其他叔叔分割爷爷的遗产，叔叔们都很在意能分到多少遗产，一直掌管爷爷财产的父亲却主动放弃了应得的一切，他说自己终于可以自由了。父亲的诉求是每个人要被他打一巴掌，以来解恨。毕竟只有他在爷爷生前认真地照顾着他，兄弟情留给他的只剩下满目疮痍，一纸荒唐。弟弟们为了钱，把脸放在他的巴掌之下，他颤颤巍巍地扬起手，却又准又狠地落在了他们的脸上。

　　可并没有解气，现实生活依然压力重重。他收回手，打算去外面的世界闯一闯。坐在车上，他闭眼休息的时刻，突然之间被暗杀了。

　　从此以后，女儿想念父亲时都会买一张票，锁定在他死去的那个座位上，感受父亲曾经留下的线索，她想知道父亲死亡的时刻，是一种解脱，还是一种不甘。

在她的心里，父亲或许并没有离奇离世，一切都是假象，他还在另一个空间爱着她，等着女儿来拯救自己。这趟车，这个位置，她坐了很多年，很多次，也没有看懂父亲的压力。

直到有一天，女儿看到"自己的座椅"被人占了位置，她和座椅上的人开始了交流，揭开了另一个空间的故事。故事不同，人的悲伤与困境重重却是相通的。大家都在寻找真相，也都要败给残酷的现实。

他人的人生，也是一扇玻璃门。当你是观众时，可以看得清清楚楚，却无力推开那扇门。当你身在那扇门内，所谓的诗和远方，都无法安慰泅渡的人。

另一个打动我的有关"另一个时空"的故事，是电影《星际穿越》。

最感人的一幕是父亲即使成了宇宙里的流浪者，一个最孤独的人，一个时空的幻影，他内心也牵挂着女儿，期待团圆。他终于来到可以与女儿相聚的通道，他来到她的书房，以他的方式试图告诉女儿，他就在她的身边。无奈，她看不到他。他不断地把书打倒在地上，女儿捡起来书，第六感告诉她这就是爸爸，他还活着，重要的是他还爱着她。但两个人并不在同一个时空，他们位于时间不同的维度里。她收集他的信号，并把它用在科研中，只为了有一天重新和父亲相见。

他们终于见面，父亲还很年轻，她却已白发苍苍，走到生命的尽头。她激动地喊了一声爸爸，却转头又重回到她的世界，她的身后站着她更多的亲人和牵挂。

分别太久的人，即使有血缘关系的牵扯，也无法缝合起疏离的情感。

她的拥抱最终给了身边的满堂儿孙。然后，另一个时空归来的父亲，送了她最后一程。他们终于相见——有爱的人最终都会重逢——她的心愿已了，走得也满足、幸福。

我想，一直期待诗和远方的人，要么是浪漫至极，要么是负重累累，但一定没有清晰地找到自己是谁。

如果一个人活在某种理想之中，沉浸在自己的世界里，应该是不会感觉到疲惫的，也不会觉得辛苦。甚至不需要指引他也清楚自己有自己的路要走。

并非每个人都可以按照自己的意愿而活。

每当意识到这点的时候，我就在想，一定有另一个我，在某个时空过着我想要的生活。我在这个时空的一切努力与善意，最终会化为一种能量，乘风而去，传送到另一个空间的自己。如此，我仿佛也得了一种宽慰，能够坦然接受眼前的一切考验与困境。

我还在遐想：该以怎样的面貌去见另一个时空的我？应该是不管如何，都要精神抖擞地去面对。

一个真正在人间长途跋涉、经历世态炎凉、吃透辛苦的人，眼中没有苦难二字。

2008年，我们去云南保山采访杨善洲，我看到他简陋的房间，草帽、草鞋，朴素的生活与亲人。

一个活得绝对丰富的人，生活里没有辛苦二字。

如此想来，内心充满了力量。所有的一切都有答案，无须急切地得到它。

当我很"丧"的时候，我会选择去跑步，不停地跑，累到自己不想动弹。汗水和眼泪融为一体，答案不请自来。压力不管何时都会存在，可困境都会成为过去。不要迷信任何人的思想，实在太累，就躺平休息一下再前行，也不失为美事一桩。

这个世界若有另一个时空，愿那个时空的我，比现在的自己更幸运一些，写作的路上灵感更多，故事更好；没有打击，只有接纳；没有嘲讽，只有理解。但愿她比我更明朗，孤独也可以少一点。

另一个时空，是我精神的避难所，每次遇见难以解决的问题，我会想象另一个时空的我肯定更有智慧，更有力量，更从容，不会为眼前的困境所困。

那里应该有我所羡慕的自己，过着我想要的生活。她拥有我的一切，又超越了我的一切。

如此想来，这个时空的自己仿佛能坦然接受所有的黑暗，也能接受所有不被理解的挫败！

越过心中那座山

　　我去参加一个线下的相亲局，看到大家侃侃而谈，再看看我，每次话筒传给我，我都无法完整地展示自己的优势，话筒就被下一位拿走了。所以，那次相亲我挫败感很强，不是因为没有男士将目光给我，而是因为我无法在特定的场合下、在关键的时刻，将自己介绍清楚。为什么我总在搞砸自己的人生？

◇◇◇

　　最近在看《越过内心那座山》这本书，书的主旨讲的是，人生不是一成不变的，但人要始终对自己有信心，要相信自己。

　　作者伊迪丝·伊娃·埃格尔博士，已经九十多岁，犹太人，十六岁时被关进奥斯威辛集中营，经历了8个月的非人折磨后，她是幸存者——也是亲历者，所以一直无法忘记屠杀的场面。她去进修了心理学，后来在五十多岁获得了心理学博士，往后的工作，是帮助许多人走出内心困境与内心障碍。

　　九十岁这一年，她开始创作《越过内心那座山》，里面的许多故事都来自现实，它让我认识到，人真的不要否定自己，也不要否定别人。不否定，就是不要有分别心。

每个人心中都有一座山，它的名字叫"成见"。如果谁能把这座山从内心彻底清除，彻底没了分别心，那他一定是内心澄明的成功者，也是最彻底的修行者。

去参加了一次线下的艺术展，类似下午茶的一个小型画展。座位上的人都是被邀请来的，大家礼貌且客气，彼此寒暄且收敛。

每个人都快速地介绍自己，你会发现，每当一些人把自己介绍得"高大上"的时候，大家都会集体发出"哇"的声音，分享者显然也是享受这种集体的羡慕。有些人很低调，分享的时候会放低语气，含蓄地介绍自己，大家就会选择忽视。

人和人的第一次见面，再也不像从前那般有耐心去互相了解。大家都会通过几个标签，快速地了解一个人，寻找到对自己有价值的那部分信息，没有价值的，会立刻忽略。我们都在寻找对自己最有利的那个人，殊不知这样也会给那些特别低调的人造成困难。他的舞台展示时刻，刚刚登上舞台，就被灭了灯。

我们的介绍越来越短，越来越有力，吸引人的介绍文字总在前面，试图引起大家"哇"的称赞。这样的社交也被称为"三分钟社交"，如果三分钟你还没让人看见，你就沉落下去了。

我有些害怕这样的社交方式，因为有分别心，有一杆秤，所以，人永远都在衡量，永远都在计较，这样的社交短暂且无意义。即使你很快地介绍清楚了自己，又更快地被人记住、喜欢，真的会对未来有影响，或对你人生有重大的拓展吗？

这些都是未知的。

人永远不要为未知的事物而恐惧不安。

之前当自己特别自卑特别渺小、自我感也很弱的时候，根本没有机会也没有时间来介绍自己，一直持续到现在，重要场合依然紧张，依然无法介绍完美。但没关系，我发现后面的合作者，其实不是靠第一面的好感来选择与你建立合作，而是长久地试探后，最终被一个人的人格所吸引，才敲下了确定键。

为了写朋友的故事，我曾采访过五十多对老朋友，他们是在怎样的情境下确定对方就是自己特别重要的人。朋友、亲人、爱人这三者给人的感觉并不相同，亲人无法选择，爱人有唯一性，朋友虽然被唐诗宋词盛赞——比如"不及汪伦送我情"，比如"高山流水遇知音"……但朋友在陌生化交往的当下，其实是可以有许多选择的。

经过与被采访者的攀谈，我会发现真正的深交，可以为彼此退让的朋友，基本还是停留在发小和同学的阶段，或当下正在深度合作的商业合作者。

成人以后的友情的淡漠，不是因为人变得复杂了，而是要参考的因素太多了。

理解一个人是需要成本的，时间的成本，沟通的成本，距离的成本，了解的成本，确定的成本……理解一个人是很困难的。

所以，更要求一个人把头低下，保持简单，保持谦卑，保持初心，以更明朗的方式站在人群中间。理解一个人的成本越低，代入感越好，你被理解被喜欢的可能性就越大。

年龄越大，无论是友情还是爱情，一见如故或一见钟情的概率也会降低。

你的分享产生的第一面效应，在相亲局或工作的合作局里，有没有欣赏，有没有喜欢，这些信号并不重要，反而是在日后的相处中，你能有更多的化学反应，让人有更多的依赖，才更值得留恋或相处。

做事的过程中，有人先保护自己，有人先保护别人，保护自己的人不一定会获得快乐，但学会先保护别人的人，注定快乐和利益都会长久一点。

人是最善变的，此时你念念不忘的可能日后不愿提起，此刻你觉得最值得的，可能日后都不会再记得。我经历了太多次的等待，与失望——包括绝望，分别后，终于能以平淡的心态来看淡期待，看淡第一面，包括看淡结果。

人是残酷的，只有无数次受伤，才能变得温顺。人心的融合与变软，是在遍体鳞伤后，是在他发现自己独自一人时，才懂得——我们的生命里并不存在旁观者，人都是软弱而渺小的存在。

舞台上没有绽放的你，当众出丑的你，聚餐后深深懊悔的你，要明白，这一刻不只是你，是所有人都经历过的时刻。越在意的人，自卑感越强烈，生命越无法超越，做事也会越拧巴。放下这一切，不值得再懊恼。

你有你的生活，我则拥有时间、热爱、朋友，能看到阳光、惬意、大海。

一直在身边的朋友，无论何时都能站在你身边的朋友，才是奢侈的。好好珍惜这些"奢侈品"，这一生已值得。

生活是无路径的逃离

最近羡慕一位阿姨——50岁开始自驾游，和其他女人不同，她们都回家了，而她还一直在路上。在我看来，她就是觉醒者，她的自驾游之旅，成为无数被婚姻与母亲职责捆绑住的女性所向往的生活。

人活着本身就是不自由的，尤其是女性，她所面对的世界和身份要复杂得多，她是女儿，也是妈妈，要面对职场，也要面对现实的生活。如何从更宏观的角度理解这个复杂的角色？

◇◇◇

女性的身份一直多元且复杂，女性主义近年来大热大火，导致我们看待女性的成长多了几分神秘。

女性成长的确不易，我经常观察自己和身边的女孩们，每个阶段压力都很大，左转右转，都有前进的方向，就给人一种误解，以为都是路，走过去却发现都撞了墙，又要重新去摸索回来的路。往复的过程很艰辛，无法一蹴而就，我们就在生活的细节里被训练成了生猛的"小野兽"。

女性的成长之路充满艰辛，需要巨大的勇气。不满眼前的生活，想转换赛道，需要更好的依靠和指导。有人喊要躺平，采取了漠视的态度和冷处理，但还有像我这样不想躺平的人，常常会有重力失衡的感觉，一直往下跌，为了阻止这种下跌，我如同攀登者，步步向前，不敢懈怠。

真的有许多事情是我们无法对抗的，即使科技高度发展，即使女性衰老的速度被延缓。

我因为要主持的缘故，经常去找化妆师苑化妆。

今日的女孩，突然有些感慨道："娜，我们认识六年了，经常为你化妆，这次化妆算我送给你，今天是我的生日。岁月不饶人，我发现你的脸有些左右不对称了，但是你肯定看不出来。女孩子到了三十五岁以后，左右脸就会越来越不对称，你不要过于担忧。"

听完她的分析，我顿时悲伤万分，但不到五分钟，突然之间就接受了。生命给女孩的成长课题就是接受——接受结婚生孩子后肚子上的刀疤，接受加班熬夜后脸上的斑点，接受长期久坐留下的肚腩……

不管你有幸还是不幸做了全职妈妈或是在职妈妈，都要接受命运的审判（也可以说是礼物）。

当然，你可能会说："总有勇敢的妈妈，敢逃出原有的生活方式，去体验流浪，去体验重生。放弃一切，像个男人那样去生活。"

我羡慕这些可以短暂逃离的妈妈，但生活最终还是会回到正轨之上，我更钦佩那些坚守的女性。

女性出逃的过程，跟年轻人逃离北上广，出奇地一致。

前些年流行的逃离北上广，现在变成了逃回北上广，据说，第二波逃离北上广又开始了……我就在这轮回中，送走了一批朋友，又迎接了一批新的同行者。

最近在读《逃离》，书里的故事讲述的是爱的力量，琐碎生活的不安分，以及普通人的逃离之心，作者门罗被称为"加拿大的契诃夫"。

门罗的笔下，主角都是平凡的普通人，无法忍受日常的生活，没有野心勃勃的形象，也没有所谓的实干家——故事里，不同阶层的女人都在好奇张望，想过上另外一种生活，以各类契机逃离，在逃离的路上，有人成功，有人回归到原来的生活之中……

门罗写道：

> 生活的要义……就是满怀兴趣地活在这个世界上。睁大你的眼睛，从你所遇到的每一个人身上看到各种可能性——看到人性。要时刻注意。

我喜欢在设定好的生活里，耕耘、精进、收获。纵使身边的每个人都有我无法接受的缺点，可在天色近黄昏时，我看到他们来接我回家时，内心还是会升起温柔：这是多么美好的一家人。

　　我从未有过逃离的想法，更多的时刻我是沉默的，用心用力地感受身边的人带给我的幸福，以及我能为他们付出的宝贵时刻。

　　女人有两个时刻，应该是瞬间成熟或改变的：一是拥有了孩子，就拥有了沉甸甸的责任心；一是孩子大学毕业，内心顿时轻松自然。

　　这两个时刻，一个是被捆绑，一个是重获自由，都会有激进的动作。但不管我们是为了谁而活，都要有一种真诚，一种肯定，让自己的心安于一种生活里去贡献，遗忘出逃的借口。

写给妈妈的一封信

最后，写给我的妈妈。以这篇文章，献给爱我并陪伴我走到三十七岁这一年的妈妈。

春天消失，夏的乏力随即而到。突然之间很热，热到所有的人与植物都躲着太阳。

妈妈的生日就在春夏之交，她七十岁生日那天，气温破天荒地高到所有人不敢出门，我七十三岁的爸爸当天发烧住院，被确诊肺癌。从发现到动手术，不到一个月，从此以后我的妈妈迷信上了算命，不仅让人算我爸还能活多久，还让人算她自己能活多久。这是一个忧伤的话题。我妈说："我算算还能照顾你们多少年，千万别让你来照顾我。你太笨。"

我向天发誓，这个世界上总说我笨的人，只有她一个人。一会儿说我的手像假的一样，做活不灵巧，一会儿嫌弃我写作太慢。她说："如果我也能写作，我要比你们这些年轻人都要写得好，写得快。"她从睡梦中醒来，经常看我在深夜、凌晨里写作，都要跟我聊上两句。问我在写什么，然后还会说说她的思路与理解。可她并不识字。

我小时候误以为妈妈是无所不能的，家里只要有事发生，我和我爸爸都大呼小叫地喊她，热烈地求助。小到缝针缝线，大到考学、买房、结婚，大事的走向，她总是四两拨千斤，轻而易举地帮我们决定好每一件事。当然，她解决一件事的前提是带着我烧香，求助满满当当一桌子的神仙。只见她念念有词，念到一半，踢了我一脚，我也赶紧跟着磕头。内心里，一件事几乎妈妈的答案就是"圣旨"，特别神圣。

后来，我求学、工作，很少回家，但每次遇见大事，我都会喊她："妈，记得帮我点香！"

每次事情结束后，我都会羡慕她的智慧，为何会对事情的走向判断这么准确。

她认真地回答："我六岁没了妈，你知道我吃过多少苦吗？"

所有看似聪明的选择和结果，都是她之前跳过的坑。姥姥走的时候，把我妈妈叫到身边，特意叮嘱："你记得好好上学，任何时候不能退学。"然后颤颤巍巍地从口袋里拿出来一把花生，放在女儿的手里，闭上了眼睛。然后又拼命地睁开，留下人生最后的交代和牵挂，四个字——记得上学。

姥姥走了以后，妈妈虽然聪明，但年龄太小，没有约束能力。她不顾姥姥的交代，一周后就不读书了。也脱掉了裹脚的布，导致她日后长成了大脚，同龄人都裹着小脚，她却常以此为傲。不读书这件事倒成了她一辈子的遗憾。

所以，六岁以后的人生，留给我妈的生活就是一种周旋，父亲、哥哥、嫂子、朋友，以及孤独。她说，孤独这个词不恰当。她觉得最孤独的人，应该是小镇路口那个卖烧鸡的男人，从她来到这个小镇，四十年了，他一直在卖烧鸡，一天不落，下雨天撑把伞，下雪天撑两把。烧鸡的配方没变，味道没变，人看着仿佛还是那个人，但这一生的命运早已能写成一本书。烧鸡叔老婆走得早，儿子结婚后给他留下两个孙子，在一次意外中被电电伤，离世了。

经过我妈妈这么一提醒，每次回到老家，我路过烧鸡摊位都要站一会儿。世事无常，真正在悲伤中活着的人，是沉默的，缩蜷着身体。无人能体会，除非你去穿他的鞋子，蹚过他蹚了的河流。

我在街头转了又转，从最初的觉得这个小镇变化真大，到最后发现这个小镇的人还跟从前一样，再到后面心生悲悯，觉得他们跟从前不一样。中间的过程，是我妈的陈述，她就像个电影旁白，三言两句就能总结身边一个人几年、一生的变迁。

每听完一个人的故事，我都会唏嘘不已。妈妈不赞同我的悲观，她喜欢好的东西，即使一些事情没有好的结果，她也要硬拉扯着往好的方向走。

我说："你好乐观。"

我妈说："我不是乐观，这就是寻常的事情，关键看你怎么看。别求老天，你看今年，进入夏天都这么难。你求自己！"

"怎么求？"我问她。

我妈说："比如你看到路边有了砖头，你要收拾好放在角落里；比如你喜欢一个东西，你要坚持很久去喜欢；比如一件衣服，你要用到尽头。哎，你衣服太多了。你得惜福！"

惜福，就是求自己。在她心里，衣服也是一种福气，替我们挡住灰尘，寒冷与炎热；食物也是一种福气，转化成能量，支撑着人去劳动，所拥有的一切都是福气，都不能浪费。

我这个中年人，总是数着各种得到，且小心翼翼地呵护着，不再像年轻时那般任性，把上天给你的东西一件件丢掉，并不屑一顾地表示"我不想要"。

我妈妈真不一样，她好像什么都可以失去。前年走了最心爱的姐姐，去年走掉了最心爱的哥哥，她说了一句，"他们走了以后，这个世界就剩下了我自己"。这就是拥有兄弟姐妹的意义吧。

我总是很想他们，同时，也觉得他们解脱了。毕竟姨妈和舅舅临走之前，都病得严重。尤其是舅舅，明明得了肠癌，却不告诉身边的人，因为舅妈也在生病，每个月要花掉他全部的退休金。对，不能给家人再添麻烦了，他默默地把自己得了肠癌这件事吞了下来。

直到他躺在病床上，只用了不到一个月就走了。他离开的时候是夏天，我妈妈前去送他。她总结我舅舅这一生，说了这样一句话："我身边的亲人都是这样善良，在牺牲自己这件事上，绝不含糊。"

妈妈的兄弟姐妹五个人，都走了，她往下的时间要活得自私点轻盈点，想吃什么就吃什么，想穿什么就穿什么。

于是，这个五一，我回到老家，每到傍晚时分，爸爸就拉着我和妈妈前往单县的邻居曹县——"宇宙的中心"，去吃夜宵。好不热闹，各种炸串，各种粥，各种点心，各种水果，应有尽有，且便宜。我什么都想吃，我妈说："买！"

我们吃到很晚，最后的最后，妈妈说，买只鸭子，买一笼包子，再买点粥，给你舅妈送过去。你舅舅走了，还有舅妈呢，也得疼。

黑夜里，我们赶着月色，去给舅妈送饭。我妈积极地给她打电话。路上太黑，我们走得太慢，迷路了，但我们真的好开心，一路上大声说笑。我妈说，咱们忍住，别说了，找路要紧。

终于找到了舅妈家的路。我妈大声地夸爸爸，不愧是老司机。我一看表，明明二十分钟的路，开了一个小时。随他们去吧，开心就好。到了舅妈家，还是那个古朴的老院子，里面装着我的童年。院子的后面是条路，路的后面是庄稼地，初夏的夜晚，风一吹，就是麦田青涩的味道，顺着风，沁人心扉。

见完舅妈，我们仨又开着摩托三轮车回家了。

路上，我问我妈："晚上植物会睡觉吗？"她说："会醒来，植物是另一种人的存在。"我说："别这么说，有点怕。"我妈说，怕什么，这个世界最可怕的其实是人，有离别、伤害、欺骗，树就不一样了，每一棵树就代表一个人……妈妈又开启了哲学家模式。

和妈妈在一起，没有特别快乐的时刻，因为也没有特别不快乐的时候。妈妈探讨万事万物，总以沉重感开头，以幽默来结尾。所以她总能很快地放下，轻松地解忧。反而是爸爸很容易陷入一种悲伤中，难以解脱。我成功地继承了他俩的特点——我爸沉重，我妈幽默；我爸忧郁，我妈洒脱——他俩的灵魂经常在我身上决斗，谁也没赢过，当然谁也不会输。唯一妥协的是，这俩人都很感性，且乐观，且总能很轻易地相信一些美好的事情。真的，妈妈是我见过的最乐观也最宽容的人。

我回上海时，她问我："有什么想吃的吗？"我开玩笑地说，吃山东大烧饼。回到上海，我果然收到了一大包烧饼、甜米饭，油炸的各种食物，有的发霉了，有的还发散着甜蜜的气息。她不知道，我早已不爱吃这些油腻腻的东西，我早晨不再喝豆浆，早已换成了咖啡——压力特别大时，要两杯，偶尔见朋友，要三杯。喝咖啡时，突然想念妈妈，每次看我喝，她也喝一口，说："唉，太苦了，不多加糖，真不要喝。"

我期待她一直好好活下去，一直在我身边。每次她问我一件事的结果，比如我爸爸的病况，我总是假装算命先生又算了一卦，又一卦，告诉她，她命特别好，我爸爸卦象更好。我的想象力开始变得丰富，总是口无遮拦地说许多令她开心的话。她反而悲观起来："你不要哄我，我有答案的。"

妈妈就是这样，许多问题都没有答案，她有。

妈妈就是这样，许多悲伤都没有人眼泪，她流。

后记

写作的路上，我总会收到各种讯息或求助的短信。

失恋的人，失业的人，离婚的人，在职场内卷的人……我们在不同的时空纠结、痛苦、选择。我认真地一封信一封信地回复他们。期待安慰到他们，给予他们力量与温暖。

我没有见过他们，感谢他们给了我无限的信任，无限的想象空间，以及无限的留白、思考。毕竟高中的我，黑且胖，自卑且茫然，一无所有，却假装拥有一切——那种感受特别深刻，三十岁实现梦想后，我才得以摆脱自卑等本性对我的控制。成长的路上，现实的压力与困境越来越大，但自己却在逐渐明亮、逐渐确定的过程里越来越稳。

我相信，总会有人在以后的时间里感谢我曾陪伴他们走过人生孤独的时刻。

写作十年，我没有如愿成为当红的女作家，没有一直站在舞台上闪闪发光。但这让我幸运地同大家一起经历普通，经历平凡世界里沉沉浮浮的时刻，让我深刻地去遇见不同的人生，深入地去体会普通的意义，理解平凡的价值。

普通如我，又带着不那么一般的决心与定力，一步步走下去；幸运如我，一直在过着理想的生活，走在自己想要的路上。我的生命中也有过温柔的片刻，比如，我收到了类似的信——

嗨，韦娜：

我读过你的文字，看过你写的信，它们都在某个时刻，温暖过我。我今天来告诉你这一切，并不仅仅是来感谢你，而是想告诉你，还有我喜欢着你，你要坚持写下去。被否定时，不气馁；被肯定时，不狂傲。你会做到的。我的老朋友。因为还有我在你身边。

韦娜，我觉得你是个很善良的人，虽然没有见面的机会，但读你的书就感觉像和你认识很久了。想问一句，你相信B-612行星真的存在于世吗？

面对读者的问题，我能回答的问题，会真诚地写下来自己的心声；无法回答的问题，会跑去求助比我能量高、比我智慧高的学者、朋友，有时也会求助于书籍、电影。所有的问题都没有标准答案，也没有唯一答案。

多年后，我或许对人生会有更深刻的理解，但现在我已竭尽所能，来写下这不标准且具有自我风格的回答。

每到一个城市，我就会找到一家特别的咖啡馆写一封回信。

不同的空间，不一样的灵感，不一样的故事，仔细数来，有两百多封，我选了其中四十三封，结集成册，致敬成长，致敬友情。

回信之系列，我想一直写下去——从十六岁到三十六岁，三十六岁到四十六岁，再到五十六岁，六十六岁，七十六岁……到更久，到我自己也无法确定的时间。这么一想，多么浪漫。

我不认为随着成长，人的迷茫会减少，虽然人的智慧在一寸寸增长，但人的眼睛看见的世界、灵魂感知到的域场，永远大于人智慧增长的速度。

感谢文字与艺术，是它们让我认识到并坚信，有些东西就是永恒。比如——付出的爱，坚持的信仰，写信时的坦诚与相信。

此时，我已三十七岁，如果每十二岁是一个轮回，多么幸运，我已来到人生第四个轮回的分岔口。前些年，自己经历了一个混乱的写作阶段：有时来了灵感，却没时间写；有时有了时间，灵感却不再光顾。感谢那种混乱，让我生出珍惜，懂得聚焦，朝目标聚拢。

期待将来的时光，我永远不要忘记写作的快乐，可以把幻想的一切，一应俱全地写在纸上，那是暂时离开地面飞向高处的飞扬感。

期待我永远不要忘记给你写信的快乐，收信的期待。我们都要好好地迎接明日，活在当下，欢喜、坚定且从容。

　　小王子在B-612星球上，可以看到43次日落，我也为亲爱的你写了43封信，如同日落，如同日升。不管你在经历什么，愿你的生命里，期待与希望，如影随形。

你永远的朋友